U0605562

范爷正单身

—— 大菠萝皮 著

Macho Girl Is Single

重庆出版集团 ⦿ 重庆出版社

图书在版编目（CIP）数据

范爷正单身 / 大菠萝皮 著. —重庆：
重庆出版社，2013.11
ISBN 978-7-229-07026-7

Ⅰ.①范… Ⅱ.①大… Ⅲ.①长篇小说—中国—当代
Ⅳ.①I247.5

中国版本图书馆CIP数据核字（2013）第318467号

范爷正单身
FANYE ZHENG DANSHEN

大菠萝皮　著

出 版 人：罗小卫
特约策划：小欧阳
责任编辑：舒晓云
营销编辑：许珍珍　刘　菲
责任印制：杨　宁
封面设计：嫁衣工舍

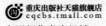 重庆出版集团
重庆出版社　出版

（重庆长江二路205号）

投稿邮箱：bjhztr@vip.163.com
三河九洲财鑫印刷有限公司　印刷
重庆出版集团图书发行有限公司　发行
邮购电话：010-85869375/76/77转810

重庆出版社天猫旗舰店
cqcbs.tmall.com

全国新华书店经销

开本：880mm×1230mm　1/32　印张：8.5　字数：133千
2014年4月第1版　2014年4月第1次印刷
定价：28.00元

如有印装质量问题，请致电023-68706683

这世界上最可怕的，

永远都不是你一无所有。

而是，

你的心，什么都不想要。

楔子 你就不能像个女人么？

　　　　大年三十的时候，我在好友圈里群发了一条短信：有男人都给我留着，我想谈恋爱，想结婚。

　　　　如果是以前的我，绝对干不出这种事。

　　　　"我算了一下，在我手里排队的男人，至少还有三四十个，你就算应付，也得给我应付完吧！你现在拍拍屁股说不见了，当初我撒下的网收到的这些鱼，让我放哪养！"

　　　　"哟，范爷，好久不见。"现实里的林苹果红口白牙冒了这句。

不都说，最云淡风轻的问候里，常常包含着最深厚的想念，比方说"好久不见"。

我真是无比讨厌这四个字，尤其是他说得这么深情。

肥总说，白天你在外面怎么欢腾都成，晚上回来再怎么难过也只有自己知道。

是的，即使身处繁华，也有孤独自知的寂寞。可我不想承认。

好吧，我承认我又变成了超现实主义者了。现实得可怕。

我想，我和林苹果之间，就到此为止吧。

那天我们在小火车上，张哈尼一直很认真地看着模糊的星空。

他说，真希望今夜能找到一颗属于我们的流星……

刘不二那货显然不肯放过我，不知道从哪翻出了一支笔，在我的左手无名指上画了一个戒指，说了一句这辈子最帅气的话："我希望你也可以尽快地戴上它，不再是一个人负担自己的喜和悲。"

08　要离开北京了，是真的要离开不回来了／229

顾嘎嘎对我说："陈皮，你要坚持住啊。哪怕所有人都离开，你也要坚持住。"

我特想问凭什么，凭什么你们都可以离开，而我就得独自留下？

"因为你是女汉子啊！如果连你都不在了，如果有一天，我要是为今天的决定后悔了，就更没有理由回来了。"

我。

我也不知道该怎么介绍我。

于是，找来一堆靠谱的和不靠谱的亲人、女闺蜜、男闺蜜、领导、同学、同事，向他们同时问了同一个问题："你觉得我怎么样？"

又馋、又懒、又幼稚、又矫情。半夜睡不着觉就因为想吃海底捞，自己胖还非拉着我一块儿胖。从来没叠过被，从来没洗过碗，就说要驾照都喊了好几年了，冬天嫌冷懒得学，夏天嫌热懒得学，春天嫌风沙大懒得学，秋天又嫌太寂寞懒得学，日复一日年复一年的，我到底哪辈子才能坐上你的车！因为懒得洗杯子，天天用一次性纸杯，衣服扔得到处都是一周才洗一次，房间从来不收拾，水果要是不洗好你从来不吃，有时候洗好了你都懒得吃……

妹子求您了，别说了，再说下去我更嫁不出去了……

肥总桂圆，我妹，我亲妹，各种洁癖患者，从小到大住在一起，对我各种嫌弃。每次出去逛街，都会被误会成是我姐，她太成熟了，长得成熟，说话办事儿也成熟，还动不动就爱管着我，天天说我缺心少肺，没事儿就爱买个鸡心买个猪肺什么的，要给我进补，说缺啥补啥。我终于知道，国骂为什么从你妈变成了你妹，妹妹这种生物，根本就是不应该存活于地球上的极品。

在我眼里你是我见过的生活最无趣，却时常让我们觉得，你是为了娱乐我们而存在的神奇个体。男人婆的嘴小萝莉的心，拿着爷们儿的彪悍，去守护自己的小纯洁、小善良。说你工作狂吧，因为你爱好太少，只有工作能让你激情满满。兴趣爱好可以浓缩成一个字——吃，最大的梦想估计是——只吃不胖。

刘不二，我闺蜜，所有好事儿、坏事儿都想着我的最亲最亲的闺蜜。我就知道，从她嘴里，几乎看不到什么好词儿，但又让我无法狡辩。

无趣、爷们儿、吃，几乎字字见血。我都能想象，她在说我的时候的嘴脸，一定是一脸嫌弃的讨厌样儿。

刘不二，我记住你了，在我这里，你绝对不会有什么好形象的！

你是呆萌的汉子、威武的妹子，为朋友出头可以呸别人一脸花露水，为男人……你可以偶尔忍一忍对方肉麻的瞬间。虽然见过你穿着内衣走来走去，但是死活想象不到你跟男人谈恋爱是怎样的画面。非要想象的话，大致情形如下：

开始交往——"看电影？不太想。旅行？哎哟好累。吃饭？行吧……"

热恋中——"XX啊，你说我们今天去吃什么呢？"

分手——"别哭啊，爷请你吃好吃的。"

太后白，我领导，我最大的债主，二流杂志主编，专栏作家，每月催她的专栏稿子，或者被她催专题稿子，都崩溃得让我胖三斤！

话说什么叫穿着内衣走来走去，连这种事情你都爆料，你怎么不说说前因后果呢！明明是你逼着我帮你试衣服，又没有多余的试衣间。更关键的是，我至少比你粗壮两倍好么！你选中的衣服我能塞进去才怪！你当时竟然还说：看着你穿不进去我感觉很开心，这件衣服我先收了！等你瘦了，我再送你。

太后白！你明知道，算命先生说我这辈子都瘦不下去的！

你是个较劲的人，你应该找个松弛点的男人。

对我来说，你从来都没有过性别，范陈皮就是范陈皮，人糙心更糙，敢恨不敢爱。PS：如果你再瘦20斤，就更像仲间由纪惠了，我就更喜欢你了。

拜托，你一个男闺蜜跟这说什么肉麻兮兮的话呀！注意身份！

张哈尼，男闺蜜一枚，不靠谱的水瓶男，爱各国天后歌手，爱高科技，爱八卦，爱指手画脚，爱购物，爱抹黑官二代男同事，爱装文艺男青年，心思细腻敏感，嘴巴腹黑巨贱。

他可以为了心仪的酷大叔，轻而易举减掉25KG，并上演各种苦情剧；他可以为了肤质细腻，喝一个月的苦瓜汁；他可以花一个小时，挑选去楼下超市买包瓜子穿的衣服；他可以因为我切的西瓜不够好看，而数落我半小时；他可以一边跟我抱怨，家人介绍的女友比他还爷们儿，一边大骂我嫁不出去了么为什么要相亲；他可以在我自己都忘记生日的时候，突然快递我之前提过的香水和绝版书，让我感动得稀里哗啦之后，再打电话继续嘲笑我的体重，让我记得千万别吃什么三高的生日蛋糕。

你是很呆的女汉子。对感情后知后觉，不敏感的二货。为人很憨厚，能吃亏，受了委屈就自我调节到暴饮暴食频道，外表大大咧咧，内心时而纤细时而粗犷。接人待物底线很低，可以随便招惹，一惹二惹三惹都没事儿，只要没碰到那根极低的底线就可以。性格其实很温柔，就是没自信，明明是个高端文艺青年，却总觉得自己是个土屌丝。

顾嘎嘎，我的工作搭档，虽然认识的时间最短，却是了解我最多的人。有的人，即使认识十年，也不见得会坦诚相待；有的人，虽然刚认识十天，就可以无话不谈。我和顾嘎嘎，仅仅认识三个月，她已经知道我前世今生的所有底细，现在想想，这太可怕了。就算她是警校毕业的，但这侦察手段，也太吓人了吧。连我亲妈、亲闺蜜、亲同学都不知道的秘密，她全知道了。也因此，她每天最大的乐趣，就是"鄙视"我。

最后，还有一个同学代表，林苹果。

据小众群体报告显示：异性间的长期友情是靠彼此间嫌弃来维持的。我和林苹果就是这样在帝都度过了十年，掺杂着各种打闹互相看不上眼，我嫌他娘，他嫌我太爷们儿，我嫌他太穷他嫌我太胖，大抵如此。不知道从什么时候起，他把自己的网名、笔名、英文名全都改成了APPLE，莫名其妙的，问他原因还不说。以至于，我一度忘了他的本名，只记得他叫林苹果。

但我真不知道该不该把他的评语放出来吓人。至少没一个人像他那样，问他一个问题，他居然给我回了一千多字，满满的一大页，而且跑题跑得异常严重，文笔粗糙杂乱无章，但是看在他终于正面回答了他改名原因的份上，我决定全放上，你们就当我是偷懒吧。

在我眼里，你确实挺白痴的。

说到你的兴趣，无非也就是一"吃"，这比你爸妈还重要。

转眼我们认识十年了。想想你那有力的拳头，我有如堕入噩梦，直到现在，只要一想起还忍不住浑身颤抖。在学校时，每次我说一句你不爱听的,你无情的大拳头就会向我挥舞,我现在个子都不高,我都怀疑,是不是发育期让你给我天天捶的。

那时候我天天想,你就不能像个女人么?剪个爷们儿发型就罢了,连性格也整得像个爷们儿,遇到点儿屁大的事儿动不动就暴力解决。

你一定忘了你曾给过我一个苹果,那真叫一个好吃。从那之后,除了户口本以外的名字,我都改成了英文的苹果。你的学习总是那么棒,我就使劲追呀追。却只有你生病缺考的那次,我才拿了唯一一次第一名。但是,你在的时候,想都别想,能拿第二就不错了。哥当时就对自己说,好男不跟女斗,嗯,也许这是唯一把你当女人的时候吧。

你还真是命苦,偏偏非赶到非典那年毕业。结果我都毕业了,你还在家静养。不过也好,最起码,没在你面前让你看到我最不男人的一面。心里真不舒服,天天在一起,突然就分开了,还真不好适应,所以当时那个难受。别提了,还好你没在,多少有点欣慰吧。

毕业后,经常会想起你,想起那个酸酸甜甜苹果的味道,想想以前在一起,虽然经常挨你的大拳头,但还是蛮开心的,毕竟有几个真心的好朋友,也不容易。

经常会想给你打个电话,可是一想到你那傲慢的小样儿,瞬间觉得打你妹呀打,我才不打呢。也不知道是真不想打,还是不敢打。可你也真够意思,我不打给你,你也真的就一次也没给我打过。

有时候想想也挺乐的。反正我就觉得吧，你挺能装的，从没在哥哥我面前掉过泪，所以在哥心里，你就是一"硬汉"和"爷们儿"。不过要这么说起你，你也挺没心没肺的，好像啥事都不往心里去，这应该也算个优点吧，对你的生存有很大的好处。瞅你那没心没肺的样儿吧，肯定没什么能打倒你。

其实我最内疚的是，从来没帮过你什么忙，一直还受你的照顾，唉，作为男人，我还真是惭愧。有时候就在幻想，啥时候你让我帮着干点啥，那得多有成就感。可是，想想自己都觉得可笑，感觉自己也太幼稚了，净想着这些没用的，要不然，也不至于混到现在这个样儿。

很多人可能会向你说，你真不错怎么样怎么样，觉得你现在混得不错，可是，我能想象到，你是怎样才得到今天的一切的。也许对你来说没什么吧，但我觉得，你还是靠你那股韧劲儿，那股不服输的劲头，天不怕地不怕的努力换来的。你经历过多少艰辛，没人知道，只有你自己清楚。但是，你也不会向任何人说，因为说了那就不是你了。所以你会一直保持着如此的强势。范陈皮，加油啊，你这个天不怕地不怕，勇往直前的爷们儿。

我还想再唠叨两句，你呀，真不小了，有时候有些事儿，你不能任性，有些事儿要从多个方面去看，遇到事情多分析分析，不要慌，慌也解决不了问题，多几分钟思考，结果会不一样。还有啊，你们吃货，遇到好吃的，你少吃点，别没命地狂塞，看你那肉吧，比我还多呢，这年纪轻轻的，真容易得个啥病，太胖了不好。

以后有啥事别老自己扛着，和我也念叨念叨吧。这么多年了，我自认没有人比我更了解你。

最后的最后，我现在穷。没事儿请我多吃个饭哈。

01　有男人，都给我留着！

1.

从外面采访回来，发现办公桌上放着一个鲜红的大苹果，我不禁皱了皱眉，谁这么不开眼，这辈子我最讨厌的水果就是苹果。还没等我问是谁给的，徐娘半老自诩为"穿不起PRADA的女魔头"的太后白，就移着莲花步走了出来，见我一副落汤鸡的模样，一阵狂笑，满脸松弛的下垂的皮都跟着一颤一颤的。

我翻了个白眼，懒得理她。但她明显不肯放过我。

"陈皮啊陈皮，路上就没有一个打伞的男人英雄救美么？"

我边抽出纸巾，抹了两把脸上残留的雨水边回复："还真有，当我漫步在京城CBD圈的时候，一个文质彬彬的夹着公文包的男士，在我前面走两步，停一步，走一步又停两步的，最后终于鼓足勇气，把伞凑到我面前，对我深情款款地说，一起走吧！"

太后白明显不信，嘲笑地问："那你这都湿身成这样了，要怎么解释？"

湿身！

你才湿身！你们全家都湿身！

我咬牙切齿地说："那哥们太瘦了，实在不是我喜欢的类型，所以我特干脆地回了一句：好久没淋雨了，我想享受一下这午后的浪漫。"

别怀疑，我说的真是实话，当时那哥们脸都红了，场面非常尴尬，一阵沉默后，他才朝着与我相反的方向走了。虽然那时候我冻得直打哆嗦，但不知道为什么，就是觉得自己真没到弱不禁风的地步，淋点儿雨算什么，干吗要接受陌生人的好意？

太后白一脸恨铁不成钢的表情："……活该你找不到男人。"

她倒提醒我了，一会儿我还真要去找男人，于是嬉皮笑脸地谄媚道："所以，太后大人，一会儿我要去相亲，给个假呗。"

"男的女的？"

"母的。啊，不对，什么啊，是男的，男的！男的！真的是男的！"于是，整个办公室都洋溢着我激动的叫喊声，而太后白也终于露出满足的微笑。

"那你赶紧去吧，别给咱们杂志社丢脸啊，记得吃饭一定要对方请，发票一定要开咱们单位的啊。"

崩溃啊，跟太后白这种领导完全辩白无能。我始终想不明白，像我们这种又没人气又不赚钱的杂志社，是怎么存活至今的。

难道是传说中的"咱上面有人"？

太后白后台很硬？

"陈皮，还不赶紧走，记得相完亲回来加班，这期人物专栏稿子不行，你重新写写。对了，你桌上的苹果是给你的晚上加班福利。"太后白恢复了剥削阶级本质，让我跪恩之后，就回自己办公室煲电话粥去了。

我望着天花板，一阵无语。

我讨厌苹果！真心讨厌啊！

回到座位无奈地打开电脑，准备收拾一下碎了一地的心情，顺便上网查查相亲路线。像我这种单身大龄女青年，其实就是块肥肉，各种不招人待见，亲朋好友就想着赶紧把这肥肉推销出去，炖到别人家的锅里，省着在自家占地。

我这块遭人嫌弃的肥肉，这次是被闺蜜刘不二给踢出去了。

确切地说，是被刘不二的母亲大人姚女士，给推销出去的。

姚女士本来打算来帝都度假享享清福，但现实很残酷，她依然没能逃脱所有探亲母亲当无薪保姆的命运，每天的工作就是给刘不二做饭洗衣服，于是短短一个星期时间，就跟刘不二所在小区的大爷大妈都混熟了，还结交了一众菜友。

这次相亲的对象，就是姚女士新结交的菜友的儿子的同事。

就在我还在感慨刘不二妈妈古道热肠的时候，QQ里的一条留言彻底把我拉回了现实。

林苹果这货，竟然毫无征兆地出现了！

难道是太后白的大红苹果显灵了，把他召唤出来的么！

"范爷，三年了，找到嫂子了没？"

"我猜肯定没有。"

上午9点29分的留言。这两句话问得，真是心酸又多情，只是他不该一上来就戳我痛处。于是，我恶狠狠地回了一句："滚。"

我说过我最讨厌苹果，无论是真苹果还是人苹果，因此，我果断地将桌上的红苹果，送给了坐在我旁边的貌美如花的薛美人。他正忙着跟网站争取宣传资源。

"亲爱的，你真好。今天是我每周的苹果日，一会儿晚饭吃了你这个，正好七个苹果。建议你也试试呢，清肠毒排宿便的。"薛美人边捂着电话致辞感谢，边不忘给我抛个媚眼，我浑身一阵鸡皮疙瘩，再次怀疑，他到底是不是男人，居然还有什么苹果日，趁一片鸡皮还没落地，赶紧转回自己的座位。只是没想到林苹果竟然还在，竟然还来了一句："果然没变。我想你了，你想我不？"

节操呢亲！！

想个头啊亲！！！

会说点人话吗亲！！！

"你真是林苹果？"我双手哆哆嗦嗦地打着字。

"你以为呢？"对方迅速地回复了。

"你觉得我怎么样？"像我这种混迹网络十多年的老油条，不太相信这个突然冒出来的肉麻的人，就是我当年认识的林苹果，所以准备象征性地问几个问题。结果，就有了楔子里，他对我的长篇大论。因为那奇差的文笔和意识流的脑回路，我确认了他的身份。

我想，这小子，这三年八成是压抑坏了，没有我每天跟他东扯西扯的，整个人估计憋了一肚子话呢，不然，一个问题，怎么会扯出这么多字？

其实这样的他，我真觉得有点陌生。

他从来不会夸我。

甚至一度以损我为荣。

可现在，竟然发出了这么多的感慨。

见我半天没回复，他又是那种小心翼翼的语气，问道："看了吗？"

我假装没看到，迅速关了电脑。

2.

没有人知道，我这几年变成了另一个人，一个连我自己都觉得陌生的人。

我变得爱笑，哪怕眼泪会在下秒就落下，也可以嬉皮笑脸地说着一些违心的话；我变得爱美，留起了长发，学会了化妆，穿起了高跟鞋，哪怕脚下贴满了创可贴；我变得毅力坚定，嚷了十几年的减肥，终于看到了希望，瘦了二十斤而且还在继续，没有人知道我半夜饿得满床打滚，和运动时的挥汗如雨……

他们曾经熟悉的我，他们说的种种的我，都不再是我。现在的我，我想，可能是这么多年来，状态最好的我了吧。

所以，我总觉得，现在最好的我，该能遇到最好的他了……

于是，无比排斥相亲的我，大年三十的时候，在好友圈里群发了一条短信：

有男人都给我留着，我想谈恋爱，想结婚。

如果是以前的我，绝对干不出这种事。可是，今年，在别人都发祝福短信的时候，我也想自己得到祝福心想事成。年三十晚上，被祝福最多的话不就是新年快乐恭喜发财万事如意心想事成么，所以，我在零点的钟声敲响的前一分钟，群发了这条短信，足够表明我的诚意了吧？

发完之后，就把手机关了，我知道这条短信会引来什么后果。

张哈尼的电话，在年初一的中午我刚开机的第一时间，就打了进来。

"你认真的？"

"非常认真。"我默默地咽了下口水。

"有什么要求？"

"没有。"

四句话之后，就是长时间的沉默。我怕冷场，张哈尼一直知道这点，所以我们认识这么久以来，他从来都有说不完的话题，以至于现在我特别不爽，过年第一天，你就不能让我舒心点吗？！刚要发火，他终于再次开口："陈皮，你知道吗，这世界上最可怕的，永远都不是你一无所有。而是，你的心，什么都不想要。"

男闺蜜的心思太过细腻，也不是什么好事。他那句话说得太过温柔，太过悲伤，我绝对不会告诉他，听了他的话之后我的鼻子在发酸，眼泪在打转。我不是不想要，是不知道要什么，是不知道该怎么要，而已。

"哟，大过年的，又从网上学来新语录来教训小爷了？！赶紧把你的男朋友们筛选一下，让给我两个……"我当然知道自己的语气有多欠扁，所以，电话被挂断也是活该。听着电话里的忙音，我缩在被窝里，默默地抹了一下眼泪。

只有我心里知道，这次我有多么认真。可别人并不这么认为，哪怕是最好的朋友。

刘不二的短信回得最直奔主题：杨非，我同学的同事，公务员，优质男，北京人，1983年的，身高185，身材匀称，如果结婚的话，父母可以给腾出动物园附近的房子。我把你的照片和情况都说了，他想认识下。然后我就把你的微信和电话给了他，你们先网上聊或短信聊，等你回京后我安排你们见面。

从一堆慰问的、客套的、嘲笑的短信里看到这条之后，我真是虎躯一震。

之前被张哈尼给弄出来的一点点伤感情绪，瞬间不见，急忙打开微信，果然看到了一个叫杨非的男人求加好友，迅速地点了"通过验证"。

我今年的第一枚男人，即使他微信上的照片秃顶得有点厉害，但咱不能那么俗气地以貌取人，所以我要认真对待。沐浴焚香什么的有点夸张，但刷牙洗脸是应该的，虽然他看不见，但至少表明我是多么重视。

等我洗漱回来之后，微信里果然有了信息。

"HI，我是杨非，巨蟹座，你呢？"

"我是陈皮，摩羯座。"虽然我回了信息，但嘴角还是小小抽搐了一下，上来就聊星座的男人，张哈尼一直说是奇葩中的奇葩！心里小小地埋了一颗种子，等着它的结果。

"你是哪个大学毕业的？"

"北师大，没毕业。"

"我首师大的，没有北师大好。但你为什么没毕业啊？"

"不想念。"

"为什么不想念？怎么着也得把大学四年混下来啊。"

是啊，你也知道用"混"这个字，我不想混，所以我不想念，就这么简单。但这个话题，我真心不想继续，所以说了"换话题吧"。

"可我还是想知道，你为什么没有继续念，是出了什么事吗？被开除？"

被开除！

被开除！！

被开除！！！

你才被开除，你才出事呢！

大过年的，会说点好听的么！

深吸了一口气，继续敲了三个字过去："换话题！"

这次，他终于不再纠结学历这事儿，转战到了另一个领域："你家是市里还是农村的？"

"村儿的。"

"你是不是刚跟你男朋友分手啊？"

这次我真的笑了，如果刘不二在我身边，她一定会觉得我太过敏感了。可是，他这两个问题问得，真是太有水准了！我大概可以确定，他的确是朵合格的奇葩了。为了验证，我回了一个字："是。"

结果……

"我就知道是这样，像你这个年纪，在你们农村，孩子都应该上小学了。在农村不都是20岁就结婚生孩子么。"

像你这个年纪！！！孩子都应该上小学了！！！

像你这个年纪！！！孩子都应该上小学了！！！

像你这个年纪！！！孩子都应该上小学了！！！

我还没咆哮完毕，信息声接二连三地响了起来。

"像你这个年纪，如果不是身体有什么大问题，就是刚跟男人分手，不然不可能还单着。"

"我想问，你们为什么分手啊？是你的原因还是？"

连发三条！

条条极品！

我什么年纪？！我正宗1988年的是什么年纪？！我足足比您小五岁呢好么？

好吧，这不是关键，关键是，您敢靠谱点么？

好吧，这也不是重点，重点是，刘不二，你敢靠谱点么！

果断将此人的所有联系方式拉黑后，我给刘不二回了条短信：已过招完毕，话不投机，换下一个。

"小的领命。"她迅速地回了信息，把姿态摆得极低。

我什么也没说，她什么也没问，这便是我们的默契。

3.

这次给我介绍的男人，是刘不二今年给我找的第N个男人，冠在他头上的简介是"刘不二妈妈新结交菜友的儿子的同事"，这种山路十八弯的关系，能有多靠谱啊！

但我依然满腔热情，依然慷慨赴死，因为介绍人是刘不二，是真心为我下半生幸福操心的刘不二，哪怕她永远都不靠谱，也不妨碍她是我最信任的闺蜜。

之前，只听不二妈妈说对方人很好，就是年龄有些大，比我大个七八九岁吧，我想了想，年龄大点儿无所谓，人好就可以啊；又说对方老家在深圳，有套房，但正准备在帝都买一套，我想了想没关系，想买就可以啊，只要能在帝都发展就OK啊；又说工作是IT技术男，人有些无趣，我想了想可以的啊，IT男大多都老实啊……种种介绍之后，她火速地把我的基本情况也跟对方说了，对方就想赶紧约见面。

这次刘不二没有搞到详细的信息，不知道具体年龄具体工作，我们所知道的一切信息，都来源于某菜友。靠谱不靠谱的，我心里一直很有底。

其实我挺恨自己这样的，理智得像台机器人，无论做什么事见什么人，都会在心里先转一个圈，先设想出所有的结果，这样我便不会惊慌失措手忙脚乱。无论我外表表现得多么满腔热血，我的内心，都冷静无比。我为什么不能像年轻小姑娘一样，装作什么都不知道，然后真的欢心雀跃地，期待一场相亲呢？

我不知道。

没有答案。

但至少我可以装得满腔热血，让不二妈妈和菜友开心地享受她们的成就感。

我真是越来越虚伪了啊。

刘不二的新家，在北五环，90平的两居室。我来得有点早，所以羡慕嫉妒恨地，来来回回地巡视着她在帝都的第二套房，恨不得占为己有。在北京十年，我竟然还没有一套属于自己的小家，说起来真是各种心伤。

"不二妈，需要帮忙吗？"转到厨房的时候，为了摆脱那种淡淡的忧伤，我得赶紧给自己找点事儿做。

"不用不用，你干干净净地等着吧。"不二妈麻利地把洗净的小仔鸡放到案板上，然后用胳膊肘把我捅出了厨房。

只是她这话听着怎么那么别扭啊，我看了眼案板上的那只干干净净的鸡，再看看我，再想想刚刚那句话，觉得这三者之间一定有什么联系。尤其是在厨房门外，听到一声一声剁鸡的声音，浑身都觉得别扭起来。

"参观够了就过来坐！"刘不二斜躺在沙发上，吃着葡萄吐着葡萄皮，眼睛都要笑没了。

我瞪了她一眼，说："约了别人没？"

"您都吩咐了，我敢不约吗？"

"别说得我有多女王范儿，明明是你自己都不相信你娘亲的眼光。不然，这男人你为什么不留给自己？"

"哎哟我去，过年的时候，是谁可怜巴巴地说，我要男人，我要恋爱，我要结婚的？"

"我今年是认真的，以后敢介绍点靠谱的吗？"

"不经历风雨怎么见彩虹，不相百次亲，怎么能遇到靠谱的，你说是吧？"

"是。我谢谢你，谢谢你全家的贡献。"

就在我抢过她手里的那盆葡萄，准备开吃的时候，门铃响了起来。刘不二起身去开门，我立刻放下食物，端庄地坐好，总要给人留下很好的第一印象才好。

只是，我没想到，刘不二邀请的不冷场朋友，竟然是张哈尼。

刘不二不是最不待见张哈尼么？张哈尼，他不是一向最反对我相亲的么？

他为什么会突然来到相亲现场？

最诡异的是，张哈尼他竟然西装笔挺地携着男伴前来。这男伴我不认识，想来，一星期前那位已经变成了前任。

张哈尼走进来之后，一直带着种捉奸在床的皮笑肉不笑："不二兄，感谢你的盛情邀请。这是菲律宾菠萝和美国车厘子，请餐后食用。"

看着张哈尼的公主范儿，和刘不二冰雪女王般的冷厉眼神，我知道一场恶战在劫难逃。

只见刘不二气定神闲地，调整出一个完美笑容说道："哟，不凑巧今天周末是我们进补日。这些高级水果只能辛苦你带回去了。餐后是要配正宗山东大葱，和东北大蒜蘸老北京臭豆汁的。"毫无悬念，刘不二一技秒杀张哈尼。张哈尼在沙发上气得，一边哆嗦一边压抑着要吐的感觉。一旁的男伴怯生生地看着我仿佛在求救。

我用眼神向他传达：小伙啊，你们老实点儿吧，张哈尼如果是打败皇后的白雪公主，那刘不二早锤炼成三百六十五度无软肋的冰雪女王了。跟她斗，简直找死。

其实我特别想说，张哈尼你来这种场合凑什么热闹，但显然全程都没有我说话的份。我无力地望着天花板，不就是相亲么，男女闺蜜同时来护驾，我前辈子到底积了什么德啊！

4.

仔细想想我和张哈尼，竟然已经神不知鬼不觉地一起厮混了三年多，这段友情虽然一直被几个闺蜜各种不看好，可回头想想，这些年在我最无聊最孤单的时候，却都有张哈尼的陪伴。

那年冬天，爷爷去世，林苹果结婚。不知情的同事打趣："陈皮啊，怎么最近没头脑变成不高兴了？来，给你介绍个好玩的。"

就此，我玩起了当时还是名不见经传的微博，张哈尼成了我为窥视别人人生转移自身枯燥生活的首批关注对象。张哈尼的头像是个丑到疯掉的大叔生活照，平时网上嬉闹多了，我起了八卦的腹黑心，某天终于忍不住问他："我说张哈尼啊，你那头是真的么？"

"纳尼？"张哈尼此时正忙着海购万斯春季最新款的鞋子。

"您头像照片是自己么？"

"哦，是我本人。你也要像他们一样嫌弃我么？"

是我本人。

是我本人。

是我本人。

看到这四个字的时候，我真心没有嫌弃他，只是觉得，天下真有这么苦命的丑孩子，他真是89年的吗，这长相横看竖看都应该是68年的啊。心中陡然生出一股不常有的，不知该叫同情还是叫母性的情绪，打出了以下这段话："谁要是嫌弃你我削他，从今天起，小爷罩你！"

头像事件后，我和张哈尼莫名亲近了很多，除了继续在微博上看他跟那些不三不四的男网友打情骂俏外，每天晚上我们开始习惯性地私信一会儿。

"啦啦啦啦，我要见我的帅大叔！我已经减掉25KG啦！"

"张哈尼，你疯了吗？网友都是骗子，你知道对方是人是妖，见了面把你肾割了买苹果机。"

"网友就没有好人了？"

"很少。"

"你是哪一种？会伤害我么？"

"爱吃肉的那种。"说实话，我对网友见面这事儿还是属于保守派，从小就听老妈讲各种迷路羔羊、失足少女的事儿，况且身边还有个白羊座的肥总。可以想象，如果某天我打扮得花枝招展，不用走出大门，肥总定能第一时间把我就地正法。所以，只要知道张哈尼是地道的北京小伙，毕业后凭关系在某双C台行政部，专门负责组织各种会议，白天长袖善舞，夜晚爱好挑逗大叔，给我发些他喜欢的歌，无聊的时候一起在网上扯扯淡，这就足够了。

本来谁也没动见面的心思，直到我重感冒。

那次，肥总被公司派到陕北出差，我有种翻身做主的解放感。可解放得太过了，大晚上不睡觉，一个人坐在阳台假装文艺青年欣赏月亮星空之后，我就被感冒找上了门。所以，没事莫装X，装X遭雷劈，这句话是有一定道理的。那天跟太后白请完假之后，我就躺倒了，从早晨睡到下午，不知岁月如何变迁，不知今夕是何年了已经。

半睡半醒的时候，习惯性地摸出手机，看看是否有新来电新短信，以及习惯性地刷起微博来。就差拍一张病态照片上传，告诉所有人，本汉子生病了，本汉子竟然也会生病。

"在咩？中岛出新专辑了，新鲜的单曲给你来一首。"

"怎么还没上线？工作忙？"

"今天腊八，下午直接放假了。你们呢？"

"没事吧你？"

"不是又躲哪儿吃肉呢吧？"

刚开了微博就发现有11条私信，全部来自张哈尼。我有气无力地回了他几个字："感冒发烧擦鼻涕中。"

正想要不要点个楼下粥铺的外卖，张哈尼的回复就来了："严重么？吃药了么？"

"没吃药，药店没有外卖。"

"手机号给我。"

"？"我一哆嗦。

"你手机号，快点。"

也许我真烧糊涂了，稀里糊涂就把手机号发给了他。

"请继续卧床休息。再见。"呸，还指望着他安慰安慰，就这么再见了，急火攻心的我把手机扔掉，继续昏睡过去养精蓄锐。睡觉，是治疗感冒最好的办法。尤其是一个人的生活，除了睡觉，难道还指望有另一个人来照顾自己不成？这种美事儿，我连做梦都不会去想。

不知睡了多久被电话吵醒，我连眼睛都没睁开，摸着手机就说："喂，你好。"

"你不是烧晕过去了吧，给你发短信也不回。"一个陌生的男音，疑似还带着点怒火。

"你……你哪位？"我猛抽了下鼻涕。

"张海洋！把你家地址说下，我买了药和菜粥正打车呢。"

"啊，张哈尼？！"显然，我的任何一个老师也没教过，这种情况下我应该怎样回答。在这种情况下，我能反应出张海洋就是张哈尼，已经无比佩服自己了。

"你先擦擦鼻涕，把地址发来。"

"等等，今天不是腊八么？你不是应该在家过节么？"

"哪来这么多问题，我让司机师傅往东边正开着呢，我记得你家是东边吧。"

"哦。"

"挂了先。"

潜意识里，这种时候，我不应该让张哈尼这个认识没多久的网友来家里，尤其是像他这种网上认识的丑大叔，如果真让他进了家门，不知道会做出什么变态的事儿来，脑中已然闪现了几个大字标题小报："本市再现恶性入室杀人案"、"某杂志社非著名女编辑被奸杀家中，现场很多鼻涕"。

可是，可是……他是张哈尼啊，他是GAY啊，我不是他的菜啊。

算了，豁出去了，发地址就发地址。

二十分钟后收到张哈尼的短信："粥和药，都给你们楼下那个比较清秀的门卫了，自己赶紧下来拿吧。我回家喝粥了。"

此时此刻，想到我的亲妹子肥总在陕北，估计正吃着羊肉水盆、油泼面，两天都没给我打过一个电话，而这个我没见过面的张哈尼，此刻细心得让我觉得如此温暖，眼睛一热以为要掉眼泪，接踵而来的，却是特大号的喷嚏和鼻涕。

5.

好吧，我的思路又滚远了。在今天这个场合见到张哈尼，总觉得很怪异，恍惚一下也是人之常情对吧。

这年头，好男人，要么已经有了女人，要么就是已经有了男人。

张哈尼，绝对称得上好男人，他总有各式各样的哈尼陪伴左右，尽管这些哈尼换得有些频繁，但并不能阻止他继续追求真爱的脚步。

我实在不知道为什么，为什么我所有落魄的时刻，都能让他看到。

如果我知道，今天他会来，我一定会残忍地拒绝刘不二的妈妈。

可是，没有如果……

相亲对象在张哈尼再次落败两分钟后，悄然出现了。

我终于可以在众人纷繁复杂的目光中，露出职业性的标准的微笑，说了句自认为很温柔的"你好"。

"你好，我是吴明安。"这大叔，笑得很腼腆。之所以叫大叔，实在是他看起来有些年岁了，而且穿着中年大叔才会穿的夹克装，里面配了件像医院病号服一样的竖条衬衫，领口敞着，没系领带。这种装束实在让人无法点评，如果太后白在这里，她一定会说这城乡结合部的着装，简直闪瞎了她的狗眼。好吧，我们不能以貌取人，这大叔，高瘦高瘦的，不帅也不丑，平常的路人模样。我没想到他会一个人来，刘不二妈妈的菜友神马的竟然没有跟着出现。

因为张哈尼在，我就连假笑和假装应付都省了。

张哈尼帮我问了所有问题，热情无比，诸如："您在哪儿高就啊？""游戏公司啊，我也爱玩游戏，连连看什么的最爱了。""哦，不是做连连看啊，那打鱼高手是你们做的吗？""哦，你们只做网游啊，好高级哦，你教教我吧？能送点儿装备么？"

……

我看张哈尼身边的男伴脸色越来越难看，无比同情起他来，想来，很快，他也会变成前任的吧。

"张哈尼去洗你的车厘子去！"刘不二本不想发作，可还是爆发了。

张哈尼本来对着吴大叔摆的可爱脸，瞬间变幻成无辜受气包，向不二妈投射无敌萌态。不二妈哪里受得了这阵势，连忙起身去说："怎么能让客人动手呢，我去洗，你们年轻人好好聊。"

这场过招张哈尼完胜。

在刘不二家里，我和吴大叔基本没单独说过话。就连吃饭的时候，张哈尼都要坐在我和大叔中间，还不停地给我夹菜，让我多吃点，说我太瘦了，都快皮包骨头了。

他也不摸摸良心，虽然减掉了二十斤肉，但体重依然一百四十斤的我，跟"瘦"这个字，跟"皮包骨头"这个词，是不是也相差太远了？

"张哈尼，你是故意来搅局的吗？"趁大家没注意，我低头冲着张哈尼，小声地说道。

"我明明是神勇无比的参谋，怎么样，今天表现得很称职吧？"张哈尼一脸得意地说着，同时还不忘把剥好的虾塞进我嘴里。

也许这只是张哈尼一个很随意的动作，但在外人看来，这也忒忒忒暧昧了吧？连我都觉得，周围的眼神汇集而来的温度高了好多。

吃喝玩乐了之后，我就申请回家，因为我家离得远，他们一群人基本都在附近住。这个时候，吴大叔终于站起来说："我送你吧，顺便回家。"然后转头对张哈尼说，"你们继续玩吧。"

"啊……"张哈尼一脸失望的弃妇脸。我果断无视了。

出门之前，刘不二附在我耳边问我感觉如何，我说还可以吧。因为没有讨厌的感觉，所以只能是还可以。然后刘不二说："那你们一会儿交换个联系方式吧。"

于是，出门之后，我主动跟大叔交换了联系方式。大叔长得一般，大众脸，我不可能一见钟情，我也知道这年头一见钟情什么的基本不靠谱，所以也想着再了解了解看吧。

张哈尼不知道今天哪根筋搭错了，从后面追上说："陈皮咱一起走，回你家吃菠萝去，我教你切菱形小块儿，上次你切得太差了……"

吴大叔一脸尴尬地站在我和张哈尼之间，像个第三者。

我无助地望着救命稻草刘不二，只见冰雪女王两眼怒火嘴已经大张……

"你太过分了！"只听凄厉的男高音划破天际……纳尼？刘不二气得都变声了！不对……不是刘不二，沉默一下午的张哈尼的男伴刚刚爆发了，喊完旷世奇音后绝尘而去。

"哈尼，你别走……"趁着张哈尼去追男伴，刘不二给我打了个"赶快撤"的手势。

然后我终于和大叔单独相处了。一路上，大叔都不怎么说话，不知道是不是还在想着张哈尼事件。虽然我也觉得张哈尼今天的表现有点过分，但我不认为需要跟第一次见面的大叔去解释什么，这要是真解释了，倒显得我心虚了。

直到我快打上车了，他才说："其实你不胖。"

呃，这话说得，让我怎么接啊。我在脑子里转了几个来回，也没有想到能接的话，赶紧转移了话题，问他："你在什么地方上班？"

这才知道，我俩上班的地方在同一片区域，相隔两幢大厦而已，于是，他说下次找机会请我吃饭，我就打车滚蛋了。

车上收到大叔短信：我的QQ，XXXXXXX。

我回：我的XXXXXXX。

因为没有期待，所以对吴大叔这个人，也没有任何失望。

只是，今天的意外似乎多了些。先有林苹果突然出现，后又有张哈尼的亲临现场，然后是各种混战，感觉像做梦一样，各种心累……

可是再累，一想到明天是杂志的截稿期，想到今天上午的采访稿还没写，太后白交代重写的专栏也一字没动，也只能在回到家的第一时间，打开电脑，目光呆滞地盯着空白的WORD文档。

脑海中，记忆最深的问题，往往与工作稿子无关，但却是我最想写的方向。

"你为什么要和明知道不会有结果的人相爱？"

"因为年轻。因为想要不留遗憾。因为纵使没有结果，可曾经不顾一切投入的过程也已足够。"

当时，坐在我对面的男孩，叛逆张扬，年轻的脸上还有些稚嫩，但他已经拿到了国际上最有名的小提琴比赛一等奖。

这个问题，我纠结了很久，毕竟像我们那种老古董式的古典音乐杂志社，是不允许报道未成年人早恋问题的，更何况是为国争光的小英雄。但我就是想问啊，想知道他怎么就那么有勇气，在拿到奖杯讲致谢词的时候，去承认那场在国内音乐圈闹得沸沸扬扬的恋爱。

而面对我问题的时候，他也明显一愣，因为国内的古典音乐记者，很少有人会问到这种八卦的问题，大家普遍喜欢把一个人的形象拔高，捧上神坛。

但，我喜欢他这三句回答。

无比笃定的回答。

在假惺惺的歌颂稿和这个真爱故事之间，最后，我选择了爱情故事。我想，如果明天太后白没时间看稿子的话，这篇肯定能蒙混过关。如果不幸被她看到，大不了我再重写。

尽管我不再相信爱情，但我想帮这个少年一把。因为如他所说，还年轻，满腔的热血还未冷。

02 放生吧，
救鱼一命胜造七级浮屠

1.

熬夜写稿什么的，第二天迟到这是必然的。

因为经常会有临时的采访任务，所以我必须每天简单地折腾一下自己，每天都把头发散下来，齐肩，给脸上抹点BB霜化个淡妆之类的。

可今天起晚了，顶着两个黑眼圈，踩着小高跟鞋出了地铁，走得飞快。我觉得，现在穿高跟鞋对我来说，跟平底基本没区别了，想怎么飞就怎么飞。

我工作所在的这个商业圈，外国人比较多，白的黄的老的少的帅的丑的，一路走过来可以看到很多，一半是在这边工作，一半就是住在这个FH城。还记得当年我刚到杂志社工作的时候，见到这么多进口货，跑去跟肥总得瑟："没准我以后也能找一个外国男朋友呢！"

当时肥总一副嘲笑的嘴脸，说："就算进口货再多，也没一个看得上你。也不瞧瞧自己啥德性。"

我啥德性啊？我不就是胖了点懒了点吗？据说外国人都喜欢胖子，而且像我这种身材，如果走在国外的大街上，那就是标准的完美身材。只有中国人，才会觉得瘦子美吧！

就在我感慨大把的帅哥为什么都从我身边匆匆而过不理我的时候，突然听到身后有人大声地叫着"你好"。

应该不是在跟我说话吧，肯定不是，所以，我就继续飞快地朝公司走去。是走，不是跑，因为我跑不动。然后，听到身后的声音继续响起："你好。"

我左右看了一下，好像没别人，难道真的是在跟我说话？

我疑惑地停下脚步，向后转去，看到一个黑人正冲着我傻笑，牙真够白的。我问他："你在跟我说话？"

"是啊。我们一起从地铁出来的。"他开心地说道，中文还挺标准。我佩服所有中文说得好的外国人。汉语多难学啊，连只有二十六个字母的英文我都学不会，更何况让老外来学习千变万化的中文呢。

"哦，就是你之前说'为什么走那么快'？"我回忆了一下，刚刚从地铁出来的时候，身后确实有一个声音在说话。

他说："对啊对啊，就是我。因为你走得实在太快了。"

"我以为你在说别人。"

"没有，我一直紧追着你走，结果都追不上。"

"迟到了，所以必须得走快点。不对，你追我干吗？"我迷茫的大脑终于开始思考，于是，我重新打量起这黑人兄弟，在想他有什么目的，是问路还是想怎样？

"就是想认识你。你很漂亮，我叫旺财。"

我……当场喷了……

旺财啊……

真真是个好名字。

我实在没管住自己的好奇心，问他："谁跟你有仇吗？为什么会取这个名字？"

他说："我的中文老师帮我取的。"

旺财有点儿自来熟的感觉，没有过多的自我介绍，从地铁到公司的时间不过七八分钟，已然迟到了，我也就放慢了脚步，一路聊着过来，同时接收着周围投射过来的眼光，估计在中国人的眼里，黑人和中国姑娘在一起，总觉得很怪异吧。

旺财中文很好，基本没什么口音，一听就知道在中国至少五年以上了。聊天中得知，他是北大中文系的，学中文已经四年了，现在在一家外语教育机构当教师。他跟我工作的地方，是相邻的两栋大厦，他觉得是缘分，跟我要电话号码。

"萍水相逢的一次见面，电话号码什么的，就没必要给了吧？"我被旺财的白牙闪得有点晕眩。

"如果不给我这次机会，那怎么会有第二面呢？我就是想跟你交个朋友。"他固执地坚持着，笑容干净，我想，可能是我太多虑了，咱不能因为比人家白点就拿高姿态不是，不过就是个电话号码而已，给便给了。反正这几年，我采访了那么多人，发出的名片数不胜数了。

我就是个矛盾综合体，一方面不相信任何人，另一方面又特别想相信所有人。相信这世界好人多，相信这世界还算美好。像我这种别扭的爷们儿的性格，有人能主动搭讪并不常见，我想相信他一次。

　　"为什么到现在还开着走廊的灯？"刚进办公室，就听到太后白在冲着前台姑娘发火。

　　"太忙了还没来得及关。"前台姑娘一边收快递一边回复，一副全然不在乎的态度。

　　"我不是告诉你，要及时关灯的吗？太阳都照射进来了，还浪费电！"

　　"我知道了一会儿就关。"

　　"什么一会儿！我要的是立刻！马上！NOW！"

　　太后白是个面面俱到事无巨细的领导，说难听点，她就是一个事儿姥姥。对我还好点，估计可能也许大概是我足够听话，但那新来的90后前台MM，今天就有点危险了。

　　太后白见我进来，翻了一个白眼，走进了办公室，我在后面听到前台MM跟快递员叔叔抱怨：事儿真多，开不开灯也管，也不嫌累。

　　我走进太后白的办公室，把装着稿子的U盘给她放下，太后白没好气地说："现在的小姑娘，也不知道脑袋在想什么。"

　　我默默地退出了办公室，想到上一个公司的前辈，在我离职的时候告诉我，在职场最有用的只有这两句话：卑职明白，卑职立刻去办，也可替换成，小的明白小的立刻去办。

我又想到，这个公司有个前辈临走前跟我说，想在这里生存，记住八个字：不言不语，明哲保身。

以前太年轻，不能理解。

今天听到太后白和前台MM的对话，恍然大悟。

当年，我也是这么跟领导顶撞的。

所以领导看我不顺眼。

如果换成现在，领导要是说一句：陈皮，你怎么还没关灯？

我一定会说：小的错了，小的马上就关。

没有任何理由，没有任何辩解，立刻马上执行。

可能有的人会说，大领导怎么会计较这种小事儿？我只能说：亲，你太单纯了。越是职位高的领导，在意的往往就越是这种屁大点儿的小事儿。通俗点说，就是细节决定成败。

说到这儿，我有点后悔转行了，当年，我的第一份职业是在外企做行政，外企好啊，至少男人多，长得还都挺养眼，西装笔挺高学历高智商未来潜力股，哪里像现在，编辑记者这行当，男人少得可怜，偶尔出现一两只，要么酸腐得跟你咬文嚼字，要么变态宅男深度近视，我觉得，我至今单身，跟这职业发展有非常大的关系。

哦，跑题了，其实我最想说的是，我现在终于明白，当年我在外企，是怎么死的！

只因为，我不够听话。

可能是熬夜赶稿子的原因，一度精神恍惚，太后白在办公室叫了好多声，我都没听到，直到一个不屑的声音传进我的耳朵："还真是没有一点儿长进。"

我抬起头，看着面前的美女，她有我羡慕的身材和穿衣品位，像她这种长发披肩，高高瘦瘦时尚靓丽的美女，我在外企倒是常见，但在我们这种小杂志社，穿成这样，真心有点奇怪。

"陈皮，顾嘎嘎，你们认识一下，以后工作你俩搭档。"太后白从办公室里走出来，简单地做了个介绍。

不知道是错觉还是第六感，总觉得顾嘎嘎像认识我一样，眼神并不友好。直到太后白说，顾嘎嘎跟我以前是同事，同在F外企集团，我才恍然大悟。

在外企工作这件事，被我封印了很久，甚至早已失忆，我根本不记得有顾嘎嘎这一号人物。

因为当时是林苹果介绍我进的外企，但半年后他就离职了，在他最可能升职的阶段。

顾嘎嘎双手抱肩，漂亮的眼睛里满满的轻视："你不会到现在都不知道，林苹果是为什么离职的吧？"

我确实不知道。

他离职关我什么事。

关键是，这关你顾嘎嘎什么事。

2.

回到座位上，打开QQ，看吴大叔的好友请求提示，点同意后，大叔的消息就随之而来。

"晚上几点下班？在哪儿吃饭？"简明又直接的两个问题。

"6点，你定。"我也一句废话都不说。我今年之所以这么想找男朋友，应该是厌倦了自己做决定这件事。所以，无比期待一个人，能替我安排好所有，我听从他所有的指挥。可是，看到他回答的"我不熟"三个字的时候，我想，我的美好愿望要落空了，这次我又要当条汉子了。

于是回了一句："F商场门口见吧先。"

早上刚起床的时候，刘不二给我打电话，说吴大叔对你印象可好了，说你人好，脾气好，聪明，长得可爱……我特别想问，人好是见一面就能看出来的么？可我憋住了，第一，我怕刘不二抽我，因为她一直在替大叔说好话；第二，跟刘不二顶嘴我就没赢过。以前，只要我懒得跟刘不二介绍的人相处第二次，刘不二都会不咸不淡地说："你连张哈尼这种不爱女人的男人，都有爱心地相处这么久，怎么就不给正常男人机会呢？"所以，这次刘不二说吴大叔是因为工作忙学习忙什么的给耽误了，让我跟他相处看看，我痛快地回答："好。"

刚跟大叔约好了晚上见面的时间，林苹果的QQ就大咧咧地晃动起来。

我知道，他一旦出现，就不会再轻易消失。肯定是在帝都又找了份新工作，安定了下来。不然，不可能主动联系我。

"范爷，我挺好的，你呢？"林苹果贱贱地发来一句很欠扁的话。从认识他开始，范爷这个称呼就再也没改过。当年范冰冰还只是个漂亮妹子，没有人会把我跟她联系起来。可如今，再听到这称呼，真心让人别扭啊。

"没你过得好，谢谢！"我没好气地回复。

"这怎么一股子醋熘味呢。我换了个新工作……你可一定要支持我工作……"

"怎么支持？！"

"赶紧加入我们XX婚恋网，我给你超低折扣价，免费升级成钻石会员，包你今年嫁出去……我可都听咱同学说了你大年三十群发短信的事儿了……好吧，我不怪你没给我发……"

等等，是谁婚后就不再搭理我的，我凭什么主动联系你一个有妇之夫？！不对，这不是重点，重点是林苹果现在是在一婚恋网，当男！红！娘！

真是越发出息了，男红娘这种奇葩工作都让他找到了。

"范爷啊，别谢我太够哥们儿情谊哈，瞧瞧咱这效率，主页都给你弄好了。"

"呃，发来看看。"我深吸一口气。

随后他在QQ里丢过来的是一个网址，我打开一看，傻了。

本人基本情况：

女，身高170，体重65-75之间浮动，十几斤肉在我身上来来去去的，似乎是家常便饭。

时而普通时而文艺，熟悉了之后，会发现大多数时候是二X青年，在陌生人面前，比较冷，不爱说话，很难主动，如果你想跟我打招呼或真心想认识，请预备稍厚点的脸皮，且穷追猛打一阵儿，如果连这点坚持都没有，就绕路吧。

职业是编辑，因是学中文的，各种外语都很渣，除了普通话其他都不会，所以说话喜欢带ABC雅灭蝶的，千万别找我。

对另一半的要求：

40岁以上的请绕路，不然，我会被还自认很年轻的爹娘念叨得很惨；

不喜欢胖姑娘的请绕路，因为我不是身材苗条那类的；

身高低于170的请绕路，我可以不穿高跟鞋，但比我本身还低一些的，总觉得差点劲儿；

不想在北京发展的请绕路，因为我爱北京天安门，从未打算离开过。

看完这页面之后，我真心觉得，他的人格越发地分裂了。如果到这结束也就算了，他竟然还给我准备了一些问题，让网站的男人们，对我进一步地了解：

网站小编：如果周五老板要求你加班，但同时你的男朋友约你去吃饭，你会怎么选择，或者怎么更好地平衡这种矛盾？

我：先跟他撒娇打滚儿求原谅，然后再跑去找老板，撒娇打滚儿求解脱。

网站小编：如果你很胖，为了你爱的人，你会去努力减肥吗？

我：有句话怎么说来着，如果他不能接受我胖的一面，那么也不配拥有我最好的一面。我可以自己嫌弃自己，但他必须对我说：乖，咱再多吃点儿吧。

网站小编：你能忍受自己的伴侣总是加班吗，尤其是在周末时间？

我：加班可以，总加班也可以，毕竟还是奋斗的年纪。但每天请打个电话或发条短信，问问我有没有按时吃饭之类的，只要别冷落我就行。

网站小编：如果你有一次回到过去改变自己的机会，你会选择改变哪个时候的你？

我：十年前的自己。告诉自己：别那么贪吃了，十年后你会胖得不可收拾。

网站小编：你认为具有什么特质的异性，会吸引你的注意呢？

我：主动的，脸皮够厚的，总能找到话题的。因为我擅长冷场。

林苹果这货到底在闹哪样啊！除了没有照片之外，这些资料完整得就像我自己写的一样，不对，我自己都写不出这么多内容来。我对自己，一向没有多少评价，对男人，更没有多少要求。即使这样没要求的我，也没能找到合适的男朋友。如果有了要求，那岂不是……

"范爷，我随便写的，你看着改。越详细越好，改完后赶紧给我。"林苹果见我一直没回复，开始在网上催促。

但是我这种懒货，实在懒得整这些。所以，就用他写的这个，在婚恋网上挂着了，同时给了他两张最近的照片。

可是，他竟然说："范爷，你怎么有头发了？"

我忍："呸。"

他又说："啊，范爷，你竟然穿上女人衣服了？"

我再忍："呸你一脸。"

他还说："哎哟我去，范陈皮，我亲哥，你现在竟然也有胸……"

我实在忍无可忍："滚！"

就在林苹果越来越没正经的时候，手机里一个陌生的号码打了进来。我疑惑地接听，电话刚通，就听到他说："宝贝，吃过午饭了吗？"

宝贝，吃过午饭了吗？

宝贝，吃过午饭了吗？

宝贝，吃过午饭了吗？

谁是你家宝贝，去你的宝贝，只见一次面而已就宝贝！

对，他是旺财，早上刚刚认识的那枚黑人男子。可明明早上还很正常呢，现在怎么听他说话，全身的鸡皮都要掉了！我深吸了一口气之后，站起身走出办公室，走到楼梯间，假装淡定地说："吃过了。"

"宝贝，晚上有时间吗？我们一起吃晚饭吧。"宝贝儿宝贝儿的，还叫上瘾了。我听着怎么就那么别扭啊，谁是你宝贝儿啊，该叫谁叫谁去。

"没有时间，已经跟朋友有约了。"我说的是实话，晚上跟大叔有约。

"那好吧。你今天有没有想我？"

你今天有没有想我？

你今天有没有想我？

你今天有没有想我？

我真心不想啊亲！我承受不了这种狗血言情调的热情啊哥们儿！！

"咱能正常点说话吗？"我实在忍无可忍地说道。

"可是宝贝儿，我真的想你了。我正在办公室的窗口，看向你那边，期待着能看到你的身影。"真是言情男主角上身了，这么远的距离，还想看到我身影，您当自己是雷达啊还是卫星啊？

"好好说话。不然，别怪我不客气。"如果这不是办公区的话，我早就各种咆哮了。

"不用跟我客气，真的。"他还真是……

我深吸一口气，以工作忙为由迅速地挂了电话，欲哭无泪地回到办公室，上网找肥总哭诉："我被一黑人哥们调戏了！求安慰啊啊啊！"

然后我把早上和下午这通电话的经过跟她说了之后，换来了她一阵狂笑，之后竟然还说："看来打扮打扮，还真有人能看上你。"

我呸！我今天没打扮，我顶着俩黑眼圈来的！

算了，跟肥总这非人类没法正常沟通。我决定去找闺蜜哭诉，闺蜜比我妹理性多了，各种给我分析：

皮啊，你要小心啊，现在外国黑人拐卖中国妇女的案例在增多呢！（您吓唬我呢吧？）

皮啊，他估计就是想419（一夜情），你要是也想呢，就去，反正也没啥损失！（啥叫没啥损失！！！）

皮啊，我看好你，明天记得画点红嘴唇，他肯定会再约你的！（老娘没唇膏……）

诸如此类，各种不堪！

不用怀疑，说出这些话来的人，正是刘不二。她的脑回路跟正常人不太一样。

"你真觉得他是要泡我？"我不确定地问。

"那还有别的可能吗？男人想跟一个女人交朋友，除了想泡她，难道是想跟她谈谈人生讲讲理想吗？"

"可是，我今天又没打扮，我不认为自己漂亮啊，他到底看上我啥了啊？"

"也许人家看上的就是你这身肥肉。"

"敢说点好听的吗？"

"好听的能当饭吃吗？"

……

如果只是这样也就算了，没过一小时，我娘亲打来电话，张口就问："听说，你要给我找个外国女婿？！！"

我一听这话就知道，自己被肥总给出卖了。她肯定是迅速地把我的狗血经历告诉了娘亲大人，然后娘亲大人，一个没忍住，就把电话打到我这来了。

于是，我只能说："这哪跟哪啊！"

"你敢说没动这心思？"老太太明显不相信我的话。在她心里，肥总的话才最值得信任，尤其是从肥总嘴里得到的我的情报，那简直是让我百口莫辩的信任。所以，我一度告诫自己，得罪谁也不能得罪肥总，不然以后有理都说不清。

"真没有！我最多就是想想！花痴一下外国帅哥，这不犯法吧？"我无力地狡辩着。

"我只想知道，你花痴的所谓的外国帅哥是啥颜色的？"老太太继续审问。

"我想要白的，但白的不搭理我，所以现在只有一黑的。"我如实回答。

"……"在听到我的答案之后，她不说话了。其实，她自己在那边乐起来了。我娘亲觉得这事儿太搞，我也觉得很搞，关键是，这根本就八字没一撇，就被我妹这个小内奸给告状了。

这事儿怪我。

我不该去找人哭诉，我就该淡定地假装这件事没发生过。

理了理混乱的思绪，我果断地拔掉了网线，把手机调成了静音，开始认真工作起来。

太后白果然忙得没时间看稿子，她说对我绝对相信，让我把稿子抓紧排版，认真校对后，下厂印刷。

我一直觉得，公司的流程有点儿戏，但这一次，我却钻了流程的空子。其实我有点内疚，这次，我滥用了她的信任，我怕会给她惹出什么事来。但想了想，我的内容是真实的，又没有伤天害理，而且无关政治，应该不会闹出大麻烦的吧。

虽然心里还有点担心，但咬咬牙，也就坚定地发给了排版去设计。至于对太后白的些许愧疚，我想，自己除了努力工作，无以为报了。

3.

晚上，我跟吴大叔在公司附近的F商场如约见面。大叔提前到了一会儿，打电话跟我说："我到了，你在哪儿？"

我问他："现在几点？"

"五点半。"他不好意思地回答。

"那你随便找个地方先坐，我要六点才能出门。"我始终觉得，时间观念很重要，无论是做什么事见什么人，早到和迟到的意义，其实是一样的。

你可以早到，但请不要让我知道，等到时间到了再出现。这样不是彼此都舒服吗？

好吧，我承认我又挑剔了。还没到六点的时候，我就跟太后白说，家里有事，要早走一会儿。这已经不算是借口了，所以她连理都没理我。

不理我，就等于默认。于是，我在接到大叔电话十分钟后，就与他在商场里汇合了。

我见他始终不说话，就主动问：你喜欢吃什么菜？

他笑着说："随便。"

这两个字真心讨厌啊，随便说一个也好啊，最讨厌"随便"的人。

于是，我又问："那你不吃什么菜？"

他说："辣的。"

辣的。

辣的。

辣的。

我无力地望天，这对话不应该颠倒过来由他问我么？我才是女人啊，我才需要被照顾，被问及喜欢吃什么，不喜欢吃什么吧？

好吧，尊重他不吃辣的选择，我就选了商场里的一家港式餐厅。

进去后，他说他不熟，让我来点。

我翻了翻菜单，选了豉汁排骨、糖心生菜、蜂蜜冰淇淋厚多士，一荤一素一甜品，为了表示尊重，我问他这三个菜行吗？

他看了看，跟服务员说把糖心炒生菜换了，给换成了另一个肉的。我真想说，一顿饭，怎么可以没有素菜呢，他的这个行为，已经减掉了一半的分。还剩五十分的男人，我真的要继续跟他吃完这顿饭么？

可能是我太敏感想太多了，这也许是他无意识的行为吧。在内心各种交战了一番之后，我决定，不管怎样，吃完这顿饭再说。于是，我问他吃什么主食，他说白米饭两碗。

"我不吃米饭，我有那甜品厚多士就够了。"我看他点两碗米饭，以为有我一碗。

结果，还是我想太多了，因为人家压根就不是给我点的主食。他说："没事，我要吃两碗。"

我嘴角抽搐了一下，心想您是有多饿啊！

之后就是正常聊天互相了解阶段，因为我对他基本上一无所知，所以主动挑起话题来聊。

气氛还算可以。

然后才知道大叔其实大我12岁。我想了想，他看起来虽然年纪大，但也没长成40岁的样子，所以无所谓了。

只是，大叔突然的一句问话，把我给问愣了，他说："有人说过你其实真的很好看吗？"

我特想说有啊，我自己就天天对着镜子说："皮啊皮，你真是太好看了。你这么好看的姑娘都没人要，男人都瞎了眼了吧！"

可这话，我能说吗？当然不能！

所以，我只能说："没有，因为我胖，我要减肥，减肥之后可能真的很好看。"

结果这大叔，又来了一句让我特吐血的话："嗯，那时候肯定会有很多白马王子来追你的。"

我这次，实在不知道怎么回了，幸好这时候上菜了。然后就边吃边继续，有一搭没一搭地聊着。当我的甜品上来之后，大叔尝了一口觉得很好吃，我当时还很得意地说："那是，我最爱吃的就是这个了。在别处，它叫面包诱惑，在这里，它叫厚多士，这家餐厅做得最正宗。"我没想到，一句简单的介绍还没说完，大叔竟然一口接一口又接一口再接一口地吃上瘾了，直到我最爱的这道甜品，被他吃下了三分之二，他才停下来回了我一句："真的挺好吃的。"然后，继续开吃。最后还把装饰用的外围都给吃掉了，全体吃光光。

全体吃光光。

全体吃光光。

全体吃光光。

我只能欲哭无泪地说："我吃饱了，你慢慢吃。"

他边吃边说："你的饭量真不多。"

我……

在我概念里，抢我吃的的人，全是坏人。之后的记忆就有些模糊了，因为我对抢我吃的这件事耿耿于怀，心不在焉。后来坐地铁回家，在地铁上礼貌性地给他回了条短信：谢谢你的晚餐，下次我请你。

他回：现在开始流口水了。

饥肠辘辘的我直接选择无视。

回到家后我就一头扎进床里，抱着枕头，跟肥总哭诉："我不要再见这人了，他抢我吃的！"

肥总翻了个白眼儿，回了句"幼稚"后，继续往脸上敷着面膜脑袋上做着发膜同时还在胳膊大腿上各种抹着护肤品，一副白富美的做派，我都被刺激成这样了，她竟然还指挥我说："厨房的灯坏了，厕所的水管堵了，电脑机箱总响，还有电费快没有了……"

还真把我当男人了！！！

还没等我发火，她又来一句："老妈让你回来后，立马给她打电话，有急事。"

有急事您还能这么悠闲地做面膜？

我撇了撇嘴，开始往家里拨电话。

于是，果然跟我想的一样，又是白天那黑人的事儿。老太太不放心，说老头不同意，让我保证不会再交往什么的。

"我亲娘啊，我们只是朋友，或者说连朋友都算不上呢，没有交往这回事啊！"一开始我还耐心地解释着，可后来，我实在说不通了。

"朋友也别当，谁知道他安的什么心啊！"之后又被亲娘一通教育，因为被肥总告密，被黑人搭讪这事儿曝光，后遗症有点严重。各种不靠谱的询问和保证之后，挂掉电话，认命地去通水管，换灯泡，修电脑……

正在发愁灯泡不是正常的那种没法换的时候，林苹果打来电话："范爷，你红啦！"

"什么？"我正在为灯泡犯愁呢，完全没听清他说啥。

"赶紧上我们网站，你现在是雏儿里面的红牌。"什么事儿啊，至于声音激动成这样吗？

"您真当自己是老鸨！"我隐约记得当年在学校的时候，林苹果大言不惭地说过，生平理想是开个万花楼，那时还曾天真地以为，他的理想是做花匠。

不管怎样还是边开电脑，边研究机箱为什么会不停地乱叫。上了婚恋网之后，发现信箱爆满，才注册一天，收到了将近三百封信。单身男人就这么多吗！！！

林苹果在电话那头又说："怎么样，吓到了吧？"

"你做什么了？"我不解地问。

"把你挂在网站首页推荐了，各种夸奖了一番。我够哥们吧！"听着林苹果得意的声音，我真是各种咬牙切齿。

够！太够了！网站专题这种事儿，你都想得出来！

简直滥用职权！！！

4.

今天早上，叫醒我的，不是闹铃，而是我亲娘的电话。

上来第一句话就是："你爹一夜没睡，翻来覆去地，一直在想那黑女婿的事儿。"

黑！女！婿！！！

我除了翻白眼，不知道还能干吗。这哪跟哪啊。

"这都没谱的事儿呢！你们想太多了吧！我已经向你们再三保证了，你们还想怎样啊！"

"你亲爹说了，他丢不起这个人，让你赶紧断了。"

我瞬间就醒了，抚额，这有点上升到国际高度了，说白了叫种族歧视。我说："亲娘，您告诉我亲爹，我真没想给他找啊！这才哪跟哪啊，他就睡不着觉，人家就跟我搭个讪，啥也没说，只说先交个朋友，朋友而已啊！！一个外国朋友，你们想太多了吧也！！"

她说："反正话传到了，你自己看着办吧。"

"您啥想法？"老头一向老古董，我已经不想再说什么了。但是，我只想逗一下老太太，想看看以前各种时髦先进的老太太，到底是啥想法。

"我不介意你领个黑人回来，只要别太黑就行。电视上有重度黑、轻度黑、混合黑，他是哪种？"

"……"

我继续抚额好了。

一点点的风吹草动，就成了草木皆兵，再加上一个不怕事儿大的小内奸，以及各种不靠谱的闺蜜，我觉得，如果有个专栏"我的身边有极品"，我一定把他们全都投稿过去。

从头到尾，我有说过我对旺财有兴趣吗？我只对他的名字有兴趣好吗？！就算退一步讲，交一普通朋友，咱也不分黑白黄吧？！

不管怎么说，他们还是成功地影响到我了，我怕迟到在上班的路上再遇到旺财，所以早早地起床，不到九点就坐进了办公室。

刘不二打来电话说："听说有人抢你吃的。"

呃，肥总不仅当我爹娘的奸细，还把业务扩展到我的闺蜜圈子。

于是我把事情来龙去脉说了一通之后，她安慰说："再了解了解吧，人家说不定就是实在呢。"

就在这个时候，大叔给我发了条短信，问："你什么时候回请我？"

我回：随时，你定。

他说：那今天晚上吧。

那今天晚上吧。

那今天晚上吧。

那今天晚上吧。

实在，真真的够实在，没见过要回请要得这么急的。好吧，其实到那时为止，我真心不想见了，回请了也好，就当两清两不相欠。

就在我感慨男人啊男人的时候，旺财来电话，这次我真是憋不住了，语气各种直白不善。

"我亲爱的宝贝，我有点想你了。"他依然热情似火地问候。

"咱才见一面，您别肉麻了成么？"我觉得我说得够直接的了，可他似乎完全听不懂。

"哈哈，我只是表达心里面对你的想念。"

"消受不起。"

"一起吃午饭吧。"他再次发出邀请。

"不要，跟同事约好了一起。"我本想直接说，我不想跟你吃饭。可我，终究是说不出这种狠话啊，于是随便编了个理由。

"哦那好吧，记得想我。"听得出他情绪低落，但我绝对不会再想他的。所以，果断地说了"再见"两字，就挂了电话。

这也是最后一通电话，之后就把他的电话给拖进黑名单了。

然后世界安静了。

其实我觉得自己这次挺王八蛋的，连再次面对都没勇气。不知道是受闺蜜影响，还是受我爹娘影响，总觉得他不是好人。但人家有正式工作，甚至把工作地址都告诉了我，而且目的明确，就是想跟我交朋友。人家光明正大，我却当起了缩头乌龟，真是王八蛋啊！

从此，我再也不敢上班迟到，怕遇到他；也不敢早下班，怕遇到他。我成了朝九晚七的好青年，每天加班，哪怕坐在办公室里无聊发呆。

我想，如果他真的只是想交个朋友，估计这次是真被我伤了心。后来我也想过，如果他的皮肤不黑，是一个白白净净的外国帅哥，我会不会答应接下来的见面？答案是肯定的，我一定会答应。我果然不是好东西。

但转念一想，如果他真有别的心思，正好我逃过一劫。

我果然是想太多了。

5.

还是那个商场，这次我选了家台湾菜，绝对符合吴大叔的饮食要求——不辣。

因为是我请，所以让大叔点菜。

"你介绍几款吧，我没吃过这家。"他拿起菜单，边翻边问我。

"我想点的已经想好了，你看看你想吃的。"

然后，他就翻来翻去翻过来又翻过去，我看到他把手放在鲍鱼那页面上，然后抬头跟我说："我闭着眼随便翻啥是啥了啊。"

我说："你要是敢翻最贵的就自己掏钱。"

他笑了笑，假装翻开鲍鱼那页，说："啊，真是最贵的啊。"

真是幼稚的小动作啊。我心想，今天让你撒开了吃，几千块钱小爷也认了，于是说："那你点吧。"

他说："我对海鲜不怎么感兴趣，还是你点吧。"

我问："你确定不吃这个了？"

"嗯。不吃了。听你的。"

不会真怕是自己花钱吧，好吧，我阴暗了，但他不再点菜，我也不耽搁了，于是叫来服务员，给他点了三杯鸡和花生猪手两个肉菜，又点了一份昨天被他吃光的厚多士，然后我给自己点了一个素菜，一份主食。

这一次，我并不想再了解什么了，所以也不再主动找话题。于是，整场都很尴尬。大叔偶尔抛过来的问题真是让人难以招架。

吃着吃着，他突然问："你平时都是这么吃饭的么？"

我说："是啊。"

他继续问："不自己做吗？"

我说："很少。"

他说："多费钱啊，总这么吃多不好。"

我沉默，因为无言以对。这才是第二顿，况且这一顿还是我请，您才请一顿，一百来块钱，这就开始嫌费钱了？！

此时，菜已经上全了，甜品也上了，就剩那主食萝卜糕了。大叔此时突然说了句："我觉得现在够吃了，把那个退掉吧。"

把那个退掉吧。

把那个退掉吧。

把那个退掉吧。

我真心没听说过，在餐厅吃饭因为够吃能退掉的，您可以是因为上菜慢，或者不干净有脏东西，但绝对没听说过因为您够吃了而退掉的！而且自始至终，您有问过我的意见么？！我再次深呼吸，勉强笑着回了一句：不要，我最爱吃这个了。其实它并不是我最爱吃的，我不过就是找个理由不退而已。我才刚说完，服务员就把萝卜糕端了上来。

之后，又是一阵沉默。

最后，他终于又找到了话题，问我："你去年是怎么减肥的？"

他之所以会问这个问题，是因为第一次吃饭见面聊天的时候，我提过一句说去年在减肥。但当时他没有接话，现在反倒想起来问了。

我说："奖励机制，告诉自己，你要是减下十斤，奖励你想买而平时不舍得买的东西。"

他说："那今年呢，想奖励自己什么？"

也是第一次吃饭的时候，我说我依然嫌我自己太胖，所以今年还要减肥，但女生说要减肥这已经是口头禅了吧，一辈子都在喊的口号啊，当真你就输了。

"今年没什么想要的了，所以不想减了。"我实在有些疲于应付大叔的这些问题了，真心很无聊啊。

结果，他竟然跟我说："今年奖励你一个男朋友怎么样？"

奖励你一个男朋友怎么样？

奖励你一个男朋友怎么样？

奖励你一个男朋友怎么样？

我被这句话彻底雷到了，大叔，你这是什么脑回路啊？以为这么容易就能当上别人男朋友么？还是说，你觉得，就凭这两次的见面，你已经在我心里够格儿当个男朋友了？而且自己也能成为奖励的目标了？

我深吸一口气，咬牙回道："不怎么样！"

这顿饭算是彻底让我上火了，之后看着他就完全没食欲，他自己在那尽情地吃，等到他放下筷子的时候，我叫来服务员结账。他心安理得地，没有一点表示地看着我掏了钱付了账，然后还说："这次你亏了，比昨天多花了一百块。"

这次你亏了，比昨天多花了一百块。

这次你亏了，比昨天多花了一百块。

这次你亏了，比昨天多花了一百块。

请问我能说什么？请问我还能说什么？忍着摔盘子的冲动回了一句："无所谓啊，反正我请。"

这顿我是真的要请，因为我不想欠男人什么。但是，大叔，您能长点心么？您能绅士地让一下么？您能别这么计较谁多花了多少么？是不是庆幸这次是我多花而不是你？

之后一阵沉默，他就那么盯着我，我实在不习惯，问了一句："这么看着我干吗？"

他说："我在想接下来干什么。"

我说："回家啊。"

他问："这附近没什么玩的地方么？"

我说："有电影院。"

他说："那我们看电影去吧。"

我说："不去，最近没有好电影。"

我绝对没有心情再跟他去看电影，我甚至连和他多相处一分钟，都觉得是煎熬。这个时候，结账的服务员拿来找零的钱给我，我说："回去吧。"

　　出了商场大门，大叔开口说："我觉得，我们以后可以多运动一下，比如打打球啊之类的。在我们S市，大家晚上都是在街上逛的。"

　　我嘴角抽了抽，回了句："帝都太冷，不适合。"

　　之后沉默，下地铁，坐车，回家。

　　我想着，事情到此就结束了，之后再不联系，冷处理就好了。结果，临了临了，大叔还要让我再吐两口血。

　　就在回家的路上，接到了大叔的两条短信。

　　第一条：还是建议我们去运动，你应该有很好的协调性，会很好看的。

　　第二条：或者从跳舞开始。

　　……

　　看到这两条短信的时候，我真的给气笑了。大叔你的潜台词是不是在说：吃饭太贵了，我们去运动吧，尤其是遛大街啊免费啊或者跟大街上的大爷大妈们跳跳舞也可以是吧？！

　　我终于知道，大叔为什么这把年纪还交不到女朋友了。

　　这次就当是我任性，我幼稚，我极品，就当是我因为你抢了我的吃的，而无法继续好了。因为这个理由我还好接受一些，其他的，我简直无法直视了。

带着颗疲惫不堪的心终于回到了家，一开门，却见肥总和刘不二坐在沙发上，一边吃爆米花，一边傻乐地看手机。

"诶呀……你看他的表情感觉吃的不是牛肉是人肉……这种极品，不要也罢。"刘不二笑得花枝乱颤。

"他俩可真浪费，三杯鸡剩那么多，哼……笨女人，果然是赔钱货！"肥总又一副恶婆婆附体的模样。

"不二，你怎么来了？"

没想到，这两个家伙谁也不搭理我，继续看手机八卦。

"你们看什么呢？"

直到手机里传出今晚那句熟悉的、令我崩溃的"那今年奖励你一个男朋友怎么样"时，我终于醒悟，她们看的是我刚才吃饭的视频！

"你们什么时候录的！！"

"我们今晚吃的也是台湾菜哟。"刘不二一脸正经，继续说着，"而且就坐在你后面那桌哟。"

"我们点了四个菜，还没有你请人家的贵哟！"肥总也跟着一唱一和，两人毫无半点愧疚。

"来，吃点爆米花，从上帝视角看看自己的约会很难得的。"刘不二挪了挪身子，递过爆米花。

"你们！你们……"我无语。

"我觉得这个男的是极品，不过你本来也是极品嘛，看着还挺和谐的。"小肥抓了把爆米花塞进嘴里。

好吧，不得不说从上帝视角看一遍刚才的饭局后，短信的冲击淡化了很多。大叔面对面的表现，实在是又可气又可笑。

进门前一颗吐槽的心，生生在进门后被损友和损妹踩躏了，原本的悲催感竟然也荡然无存，取而代之的，是跟这两只不靠谱的一起挤在沙发上吃爆米花，看自己的视频傻乐，我的第N次相亲失败也就这样治愈了。

6.

嚷着减肥的一般都贪吃，把自杀挂嘴边的大多惜命，说辞职的比谁都在公司待得久，装坚强的其实每个都有一颗软弱的心，却不得不昂起头前行。

我在反省，是不是因为我说要相亲说得太多，以至于，其实我内心深处一点也不想再相亲了，以至于，我现在身心疲惫，以至于，不愿意再去接触任何一个男人。所以第二天，在接到刘不二的电话，并了解到她的中心思想是继续向我推销男人的时候，我跪地求饶，短期内，我真的不想了。

"你年初时的誓言呢！谈恋爱结婚什么的，是谁说的？！"刘不二大声地质问我。

"我错了还不成么？"现在让我承认大年三十发短信的人是王八蛋，我都做得到。

"我算了一下，在我手里排队的男人，至少还有三四十个，你就算应付，也得给我应付完吧！你现在拍拍屁股说不见了，当初我撒下的网收到的这些鱼，让我放哪养！"

"放生吧，救鱼一命胜造七级浮屠。"我正在研究着要不要说信号不好，然后赶紧挂断的时候，她竟然先挂了我的电话。

好吧，刘不二同学可能真的生气了。

但我已经顾不了那么多了，一边是刘不二的极品相亲攻势，一边是林苹果网上的狂轰乱炸，我真觉得最近我的生活过得乱七八糟的。

心中有口气，怎么也发泄不出去。

想去KTV大吼一场，但发现，没什么人能约出来。

想去大吃一顿，又觉得只是吃吃喝喝这力度不太够。

除了工作就是宅的我，人生真是无趣透顶了！这世上还有比我更无聊的人吗！

有吗有吗有吗？！

我想我一定是被那大叔给刺激疯了，不然，我为什么会打开几年不上的个人主页，去写起了吐槽日记。不出预料的，这篇日记把各路人马都炸了出来，安慰安抚且伴随着无尽的长笑……

没事找抽式

林苹果说：我能骂街吗？！看到说比你大个七八九岁，我就郁闷地想骂街了，我们这姑娘这么好又没有多大，凭什么嫁个那么老的！幸好这次没吃亏，赶紧拉倒吧！以后还是我给你介绍吧，他们这些太不靠谱了……

我说：那赶紧给小爷介绍几个吧！

他说：最近身边没啥正经的，要给你介绍，也得找个我认可的！

说了等于没说，但不管怎样，林苹果总算说了几句人话不是，这些个人话，还挺让人感动的不是？可是，好景就是不长，狗嘴里吐不出象牙。他说：现在像我这种好男人，真是太少了。我唯一的缺点就是穷，哈哈哈……

接着又说：虽然我很穷，但我一直很绅士的。这不用质疑。

我说：没研究过你绅不绅士。

他说：主要是你没关注过我！

我说：关注一个已婚大叔，有什么意思？

他说：我也年轻过。

我说：那时候我还是个爷们儿，现在我当自己是个女人。

他说：你一直很爷们儿，我从来没把你当过女人！

你一直很爷们儿，我从来没把你当过女人！

你一直很爷们儿，我从来没把你当过女人！

你一直很爷们儿，我从来没把你当过女人！

林苹果！林苹果！姑娘现在变得多淑女，长发飘飘的，还减了肥，每天都要穿高跟鞋，再也没有比现在更女人的了。好吧，看在他真的要给我介绍相亲对象的份儿上，原谅他了。结果，不靠谱的人永远不靠谱，尤其是互相看不上的打了十年的异性，更加不靠谱。

他说：说真的，我有一哥们，身高185，长得不错，人也不错。

人也不错，人不错，人很好，又是这句话，现在我一看到这句话，心里就一哆嗦。

我问：多大？

他说：比咱小一岁。但喜欢大的。

我说：再见。

他说：可是这孩子真心不错，绝对是不用操心的那种，本分，能吃苦耐劳，性格也好。

我说：那问点现实的问题，月薪如何，能养得起我不？

他说：养不起，但看你怎么理解，你要是有心，可以调教成一个不错的老公。

你要是有心，可以调教成一个不错的老公。

你要是有心，可以调教成一个不错的老公。

你要是有心，可以调教成一个不错的老公。

我要是年轻五岁，要我慢慢调教没问题，可我是想明年结婚的人，我没时间陪一个小弟弟玩！！！好吧，这么看来，我自己也真的是一极品，大叔你嫌老，小弟你又嫌小，活该单身啊！但是林苹果同学，我算看透你了，我一定要跟你绝交！必须！马上！立刻！

上帝视角式

上次从刘不二家里离开后，张哈尼一直有点躲我。直到这个日记写完后，他第一时间打来电话，语气无比真诚："我发现其实对方不是坏人，只是年龄差距吧，习惯不一样，这些都不是大事。"必须承认张哈尼是人敬他一尺，他会还一丈的人。那天在刘不二家，大叔的淡定还真入了张哈尼的法眼，这会儿大叔种豆得瓜了。

他继续说：在恋爱的时候，对方的喜好、习惯，包括最重要的长相啥的，都不重要，不恶心就行了。如果要想有的放矢，唯一要介意的是，他是不是喜欢你，你跟他的可能性有多大。比如退菜这件事，他肯定知道你请客，但他要退，换个角度想，是他心疼你的钱，心疼你工作赚钱不容易。至于一起运动，我觉得你也别多心，既然你要减肥又要约会，那一起打球运动真的非常好。我反而觉得他说得挺靠谱的，生活中很多人是不上天涯不爱吐槽不喜欢更加细致的生活的。

我问：那"今年奖励你一个男朋友怎么样？"这句呢！

他说：说实话，这句话就是一个男的对喜欢的姑娘，发出

"我喜欢你"的信号啊，真不过分。你应该低头笑笑，不吭声。没什么好吐槽的。先处处看。

我说：代沟太严重了，没有共同语言。

他说：陈皮，你26了，跟你没代沟的，现在正在找有代沟的好吗？26的男的都在找20和18的，好不好？你这就是公主病，被相亲对象给激发出来的隐形公主病。

被相亲对象给激发出来的隐形公主病。

被相亲对象给激发出来的隐形公主病。

被相亲对象给激发出来的隐形公主病。

张哈尼，你要不要这样啊，我这么爷们儿的人，哪来的公主病啊，我要真得了公主病我会高兴死的，至少说明我还是个女人啊！我真是无言以对啊，我羞愧难当啊，你是第一个这么理性给我分析的人啊，你说得我觉得自己就是个大极品啊！！！被人当男人的时候我郁闷，被人当女人的时候我又不承认，我果然是极品，好，我承认，我就是极品好了！结果，你还是不放过我，你还在继续说！

继续说：我觉得他挺认真的，你可以试试。至于他问你经常在家做饭吗，这种问题我都直接说，嗯，我很喜欢做饭，可喜欢照顾家里人了之类的巴拉巴拉的。你们女文青就是这件事上吃亏……

你们女文青就是这件事上吃亏……

你们女文青就是这件事上吃亏……

你们女文青就是这件事上吃亏……

原来我是文艺青年，我一直觉得自己特屌丝……

他又说：撒娇服软，是人生最重要的事。要懂得示弱。

我说：我真心受不了这样的人啊。

他说：你受得了什么样的男人？比如我，被91年的抱着叫宝宝，这种事你能忍住笑吗？我就忍住了啊，然后偷偷翻几个白眼笑场，又瞬间HOLD住……

张哈尼你赢了，真的，你用你的理智告诉我，这件事，可能真的是我错了，而且可能我真的错过了一个好男人。他应该是喜欢我的，而且就像你说的，大叔是好人。因为昨天一天我没理他，冷处理，他去跟介绍人说，陈皮活泼开朗的性格真是好，就是她长到200斤我也不在乎，我是嘴笨，爱好太窄了，可能讲不来话。

他可能真的是只是嘴笨，我也只是真的受不了这样的人。

缘分未到，如此而已。

以毒攻毒式

太后白看完我的吐槽日记之后，连着说了N个我×，之后一阵狂笑，说："这整个一情景喜剧生活大爆炸啊！大叔的思维好可爱……"

估计她自己也觉得这么嘲笑我不太好了吧，然后从办公室移步出来，开始安慰我：相亲如扫雷，没事，还有小唯姑娘陪着你，她也是遇到一个不吃辣的极品相亲对象，简单地说这极品也是介绍的，还是邻居介绍的一位博士生，第一次约会吃饭，说不吃辣的，就带她去吃了一家各种甜的。

小唯疯了。

第二次约见面，小唯挺不住了要去麻辣诱惑，哥们默默走到门口，含羞道：我没带够钱。

小唯怒了，说：姐请你，走。

一边吃一边脑补：要不是太后逼我，我才不跟你吃饭呢……

吃过饭要回家，哥们拉住了小唯姑娘：你不送我回家啊？我妈就我一个儿子，走丢了怎么办……

我妈就我一个儿子，走丢了怎么办……

我妈就我一个儿子，走丢了怎么办……

我妈就我一个儿子，走丢了怎么办……

太后白跟我讲了小唯姑娘的这位博士之后，我瞬间就平衡了。

尤其后来听说，这位博士生大人，竟然还自我感觉良好地含情脉脉地，让小唯姑娘发誓：谈恋爱不许跟他分手，结婚不许跟他离婚，以后要生儿子，因为儿子可以跟他玩，打死不能生女儿！

生儿子生女儿这是你能做主的啊！！！

关键是，这还没到生孩子的地步呢吧！！！！

您是不是想得太多了！！跟他一比，大叔简直再正常不过了！

因太后白笑得太没形象，引来顾嘎嘎询问，然后太后白声情并茂地给顾嘎嘎讲了一通，还强迫我把日记地址发给顾嘎嘎。

　　不喜欢我的人，我真心不想跟她有过多接触。可是，顾嘎嘎明显不想放过我："你跟林苹果这样有意思吗？"

　　林苹果，又是林苹果。

　　我问林苹果：你认识顾嘎嘎吗？

　　他说：好像有点印象，但记不清了。

　　真是奇了怪了，顾嘎嘎怎么总觉得我跟林苹果之间有点什么。

　　我问：那你当年为什么从外企离职？

　　他说：因为你呗。

　　我说：继续说啊。

　　他说：都过去这么久的事儿了，早忘了。

　　我看了看坐在我斜后方的顾嘎嘎，她大概是知道些什么的吧。虽然我好奇心并不重，但我真是腻歪了顾嘎嘎的针锋相对，和林苹果的欲言又止。

　　于是，打开了N久不上的MSN，那里有被我尘封的外企的所有同事的联系方式。

　　找到了当年的老领导和人事部头头的邮箱，犹豫了一下，还是发了封邮件。

03　好久不见，真不如不见

1.

都说情场失意职场得意，但还有另一句话，叫祸不单行。

显然，我没有前者的好运，所以我是后者。

那篇我固执坚持要刊登的稿子出了事。杂志一经发行，小提琴冠军的粉丝闹翻了天，出版局差点把我们的刊号给停了。而太后白被牵连其中，停职查办。

但她竟然一改往日的刻薄，没有批评我一句，只是拍了拍我的肩膀，说："接下来的一期杂志，你要好好负责。"

我眼泪特别不争气地掉了下来，明明是我的错，可太后白竟然把全部责任都承担了下来。

"对不起……"我哽咽地看着太后白，想说点什么，但话到嘴边，怎么也说不出口。我真的不太擅长煽情和表达。

她笑了笑，说："没事，过不了几天，老娘就回来了。以后做事，长点心。不要让现实给你一巴掌，你才知道社会有多虚伪。也别相信什么所谓的真情，别让这些把你伤得什么都不是，你才知道人心可畏。"

我用力地点头，深深记在了脑海里。

有那么一瞬间，我特别恨那个年轻的小提琴家，就算他保持沉默，现在的局面也不会这样，可是，他竟然反告了杂志社，说侵害了他的隐私权。

也是因为年轻吗？！

"发什么呆呢？我刚刚交代的，都听清楚了没有？"太后白的一声狮子吼，把我拉回了现实，我茫然地看着她："你说什么？"

"我让你晚上替我去参加一个活动，老娘现在没心情去，但之前答应了下期杂志会给他们一个广告位的。地址在便签条上，把自己收拾收拾，别给老娘丢脸。"太后白一脸嫌弃地看着我，摇头表示我这打扮完全不合格。

"是。"我也想说我没心情，但是，一想到太后白是因为我才被停职的，拒绝的话就怎么也说不出口了。

"我不在的这段时间，你是代主编。下期卷首语归你了。再见。"太后白现在说什么，我都会全部接受，其实我意识里并没有听清她说什么，只是惯性地回答了句："是。"

等她已经走出了办公区，下了电梯，我才反应过来，她刚刚是说让我做代主编！！！

我的天啊！所有的罪恶感，瞬间全部消失！

代主编是那么容易的吗？！

轻飘飘的一句话，连一点交接都没有，您就这么潇洒地滚了？！

我哭！

我连忙追了出去，追到了电梯，一通狂按，等到了地下车库，她已经留下一排尾气，不见了踪影。回到办公室，拿起手机，太后白的电话竟然关机了！

她是打定主意不管我了是吧！我就说她今天怎么没对我凶没对我吼呢，竟然用这种方式在报复我，算她狠！

"主编大人，要请客哦。"薛美人第一个站起来，一脸温柔媚态地冲我眨眼。

我们杂志人不多，记者编辑加市场部加广告部加发行部，一共不到十个人，常年在办公室的人，除了前台妹子，基本没别人。今天太后白宣布我是代主编的时候，只有前台、薛美人和顾嘎嘎在。

前台妹子刚要上前表示祝贺，就被顾嘎嘎给截了胡，冷嘲热讽随之而来："永远都是用别人的牺牲，来换取自己更稳定的工作，我说陈皮，这次事件不会是你故意策划的吧？"

顾嘎嘎又是话里有话，我真想大声问问："我到底干过了什么？"

但如果我此刻发火，是不是就证明我心里有鬼？可是，如果我不发火，我就不是个爷们儿！哦对，我本来就不是爷们儿……不知道为什么，我脑子里想的不是如何反驳她，不是如何解释，而是这些乱七八糟的。

这样乱七八糟一想之后，也就没那么气了。

只是，话里有话什么的最讨厌了。

我都不知道自己到底什么地方得罪了她。但她做坏人做得光明正大，明确地告诉所有人，她就是看我不顺眼，就是要跟我对着干。

我还真不知道拿她怎么办。最后只是无奈地问了一句："我在以前的公司是不是得罪过你？"

顾嘎嘎没料到我会问得这么直接，脸上闪过一丝丝的尴尬，但很快就又变得理直气壮："你最好忘得一干二净。"

当我穿着破洞的牛仔裤和皱巴巴的白T恤到达会场的时候，就深深地后悔了。

一方面是懒，另一方面就是，我想报复一下太后白把烂摊子扔给我，所以，我没有任何准备，直接就去了会场。但为什么没人告诉我，这是一场为留守儿童办的慈善晚会！最关键的是，我们杂志社竟然还捐出了十台古筝，以及大量古典音乐书籍，我竟然被邀请上台颁奖。

当知道晚会是这么个流程之后，我就算脸皮再厚，也想赶紧找个地缝钻进去。

因为最近总迟到，所以我没有再化妆没有再打扮，只是穿着普通的运动鞋休闲装滚到公司上班。而之前太后白嫌弃我的着装，我还表示不屑，现在才知道，在这种场合，我这身，简直无法直视。

"陈皮！"就在我躲在黑墙角默默反省的时候，身后响起了熟悉的声音。

我就像见了亲人一样，朝张哈尼扑去："江湖救急啊啊啊，哈尼兄，快把你身上这套衣服脱下来！"

张哈尼一脸惊恐，死命地护着他的胸脯，战战兢兢地说："你喝高了啊，连我你都想下手！"

下手你妹啊！

我翻了个白眼，咬牙切齿地说："你觉得我穿上男人的衣服怎么样？是不是比我现在不男不女的形象更搭这个场合？！我看你这套衣服，我使使劲应该能穿上。话说，你怎么会出现在这里？"

张哈尼撇了撇嘴，一脸嫌弃地看着我那破洞的牛仔裤，估计都不忍评价了，所以直接回答了句："今天我客串主持人。"然后勾了勾我的手指，"跟我去后台，还有一身备用衣服没准你能穿上。"

边说还边摇头，仿佛我给他丢了多大的人似的。

但到了后台之后，我看到满桌子餐盒的时候，不敢置信地看着他。

"下午跟朋友去吃一个新馆子，觉得很好吃，所以就打包了几样经典菜，准备主持完这儿后带给你尝尝，没承想你在这儿等着我呢。快吃快吃，你吃了就知道什么才叫真正的美味……我要抓紧把你从地摊品位里拯救出来。"

……

古有挚友雪中送炭，雨中撑伞；今有张哈尼饥中送餐，裸体送衣。哦不对，我没光着。

说不感动是假的，我一直在想，是不是因为见面的第一天，我和张哈尼就把彼此"睡了"，这事奠定了我和他之间从过去到未来，也绝不可能发生半毛钱不纯洁的关系。

看着他现在略显丰腴的身子，我依然能恍惚记起，三年前第一次相识时，他的模样……

2.

我从来不知道，从网友变成现实中的朋友，可以如此简单。

在认识张哈尼之前，我特别排斥网友见面这种行为。

还记得那年，肥总一边收拾行李一边煽风点火地说："皮儿，你确定自己留在帝都过年？咱妈的炖肉、炸带鱼、大蒸饺、肉笼、馋嘴鸭……"

"闭嘴，明知道我也不愿意加什么狗屁班，还刺激我，这不是往伤口上撒盐么？"

"哦，终于被你发现了。"

时间退回到太后白订好自己春节回老家的商务舱后，她喝着飘香的柚子茶，向我款款走来："陈皮啊，春节忙么？"

"不忙啊，天天吃喝玩乐嘛。"我丝毫没嗅出潜在的危险。

"你回老家要多久来着？"

"不堵车的话一个半小时吧。"

"中关村到崇文门的距离啊！"

"可不，家近就是好。"

"你说，公司还有比你家近的么？"

"有吧……"一股恶寒袭来，出于本能我要逃啊。

"有什么有啊，别人哪能跟你比，你是我最信赖、最能干的爱将。"太后白两眼冒光不停向我扫射，我在劫难逃。

"陈皮，辛苦你加班到初一再回家。薪水三倍，哦，再给你加一份我个人送的坚果礼盒给你带回家。你可以初八再回来，对了，代我向你母亲问好。具体加班内容一会儿凯琳跟你交代。"

于是，我成为公司有史以来唯一一名春节假期加班人员。其实加班任务很简单，就是死命催在老家过年的某个专家的一个稿，编辑之后再发给总部的同事，太后白高估了专家那边的拖稿能力，年三十下午就乖乖发来了稿子。

我一边各种修改稿子，一边跟张哈尼在网上聊着。

"我们真是难兄难弟，你居然也在加班。"得知张哈尼在外面开着腐败会议后，我有种小人得志的快感。

"谁说不是呢，真够烦的了。"

"我吃不上我妈包的饺子了。"

"对传统食品无爱，你能想点高雅的么？"

"我午饭还没吃，什么高雅不高雅的，现在给我来两碗兰州拉面，汤都能喝不剩。"肚子这时候特配合地响了两声。

"别说了，我身边都是一股老头子味儿，一想你那拉面真要吐了。"

"哈哈哈哈。"

"对了，你喜欢泡温泉么？"

"不喜欢，秀身材的事儿都不爱。"

"那坐小火车游园，吃好吃的呢？"

"还行吧。怎么突然问这个？"我有点奇怪。

"没什么……晚点再说，我领导来了。"张哈尼下线了。

刚有些幸灾乐祸张哈尼也在加班，这头给总部的稿件也终于成功发出去了，想着收拾东西尝试赶最后一班车回老家，公司门意外开了，一个不速之客朝我走来。

薛美人，一身闪得吓人的紫色亮片西装，胸口还别着香奈儿最新款的白色山茶花胸针。我和此君同事一年，交流甚少，正纳闷他这次闹哪样的时候，他一张嘴接下来说出的话，让我恨不得立刻装失忆。

"哟，吓死我了，还真怕你走了呢。走，赶紧换身衣服，我们去张哈尼那儿。"

去张哈尼那儿！

去张哈尼那儿！

去张哈尼那儿！

我正怀疑自己是否幻听，手机响起，张哈尼的大名疯狂闪动。

"喂！"我一面朝薛美人傻笑，一面向洗手间挪步。

"救命啊！你们公司的色男要来找我，我不敢见啊！"

"他人在我这儿呢，让我跟他一起去找你，到底怎么回事？"

"他勾搭的我，我就随便一说要不要来玩，谁知道他真的要来，现在只能拿你当挡箭牌，告诉他你如果不一起来，我就不会见……怎么办？他有我手机号，不会真来吧？"

"我目测的结果是，他真的很想去见你。"

"不管，我才不见呢。要不是当时他说是你同事，我微博上才不理他呢，我不管，我才不会见的，陈皮他要是晚上真来，我肯定会清白不保的。"

清白不保。

脑中浮现张哈尼未老先衰的头像，我差点笑场。我真想告诉张哈尼，其实我们的薛美人绝对算是及格的美男。

"陈皮，你要是不帮我，我……我立马一头扎死在这全是老头的澡堂子里。"

"知道啦，知道啦，你先别忙着跳。我搞定行了吧。"

"不行，你还要答应我晚上过来陪我，我怕那个变态不知道什么时候又过来。"

"知道了。我回去安抚薛美人。"叹气，这对儿真是冤孽。

回到办公室，看着一脸春光灿烂的薛美人，正右手拎着我的黑书包，左手搭放在我的绿萝上，随时准备辣手摧花。

"薛美人，我妈刚打电话，让我打飞机也要晚上赶回家吃年饭。"

"打飞机，这怎么可以！"他手一抖，我的书包掉在地上，我的绿萝毁容了。

"您淡定，慢坐。我先打飞机去了，拜拜，新春快乐哈。"趁着他没恢复神智，我抓起书包夺门而逃。

还没出电梯间，就见张哈尼发来了短信："九华山庄，速来！山庄门口找警卫报我名字会送你过来。PS：薛的电话被我屏蔽了。"

"能屏蔽他电话，为嘛还让我过去？"

"你不过来我不放心，谁知道他是不是变态。有你在，我安心。"

正想着张哈尼如此信赖我，美滋滋地想笑，又看到接下来的短信："就凭你这大身板子，就算有色男来砍我，你也能比正常人多拦两刀。"

"张哈尼，你给我滚！老子不去了！"

"哦。那我把刚订的佛跳墙、酥皮肘子、爆汁鱼、豆花鸡、叉烧包、水晶蒸饺、蒸凤爪……赶紧退单。"

"订都订了，别那么麻烦。算了，为了你的安全，我还是过去吧。"咽了一把口水，我瞬间还是被张哈尼秒杀了。

坐在出租车的后排一直装睡，也没法阻挡司机师傅的调侃："姑娘，你这是去九华山庄跟男朋友泡温泉吧？真够浪漫的啊？当年追我老婆的时候……"

我一撇嘴，正想发作，猛然想起今天不仅仅是除夕，还是情人节。情人节？！温泉！张哈尼！这是怎么个情况？！人生中从没跟男人过过情人节，如果张哈尼是个变态怎么办？这么远的地方警察愿意来么？

还没理清头绪，司机师傅已递过单子。"124！"九华山庄还真远得肉疼。

跟门卫报了张哈尼的大名，门卫帅哥对我上下扫射后，带我上了一部观光车。

刘不二！刘不二闪亮的名字拨开云雾，终于出现在我此刻浑浊的脑海里："喂，不二！我……我……"紧急关头拨通了闺蜜刘不二的电话。

"陈皮呀，怎么样？你家乡冷不冷啊？"

"我没在家啊！"

"哦，对，你悲催地还加班呢吧，我都忘了，嘿嘿。想我啦！"

"打住！听我说，我在九华山庄，如果十分钟内收不到我报平安的短信，就帮我直接报警。害我的人是张海洋，地点九华山庄。"

"你胆敢背着我去见网友！带套儿了么？上次给你看的片子动作记熟了吧？"

晕，刘不二总能以最快速度地理解我所思所想，但同时也能让我最崩溃。

"刘不二，我以后要是性冷淡绝对是拜你所赐。"

"女士请下车，张先生就在大厅等您。"门卫绅士地帮我打开了车门，想着刚冲刘不二喊的那句"性冷淡"，额上的血管开始猛胀。

"他长什么样？"刘不二还不忘八卦。

"没瞧见呢，我刚进大厅，我紧张了，怎么办？"

"要不，你先上个厕所？"

"我又没说想上厕所！"

"你不说我怎么知道你想不想呢？如果你想，你就直说嘛……"

"谁说我想去厕所啦！"我恨你刘不二，呜呜呜，你一定是上帝派来惩罚我的不合格保护神。

"你想去厕所么？"

怎么回事，全世界都想让我去厕所么？听到后面传来的疑问句我彻底怒了，转身正想发飙只见一张完全陌生的面孔。

浓眉大眼，肤质细腻白皙略有红润，短短的小毛寸，下唇微厚红红的透着点小性感，身高比我略高小半头。

"我是张海洋。"看着他嘴一张一合。

"陈皮，你怎么不说话？怎么了？"电话一端的刘不二显然着急了。

我还保持着刚才的姿势接着电话，盯着张哈尼："我没事，张哈尼他来了。"

"他跟微博上一样么？糟老头子？"

"一点儿都不一样。"

"那什么样？不会是女人吧……"

"他像超人。我挂啦！"

张哈尼一直耐心地看着我挂断电话："为什么说我像超人？"

我尴尬地搓搓手老实回答："你里面穿的不是超人的T恤么？"

"还真是。走，咱吃好吃的去。"张哈尼显然对这个回答很满意。

总觉得在刚刚的某一瞬间，心弦被莫名地拨动了，在某一瞬间，我希望张哈尼他不是GAY。

3.

我如期地被带着狂吃一通，席间张哈尼的眼皮很不自然地在跳，后来才知道，他当时非常想对我的行为品头论足，但碍于是第一次见面还是忍了。

"吃饱了吧？"张哈尼喉结处隐隐跳动，一脸小忧郁。

我点着头却瞥见走廊那边的小超市："那是超市么？"

"吃的可以选，但是不准今天吃，不是吃的随便选，送你当礼物。"说罢，他一副壮士一去不复还的样子。

"不用客气，带我吃了这么多好吃的，还送啥礼物。"

"今天过节，好好选吧。"

"哦。"虽然嘴上讨巧，心里却还是喜滋滋的。

这家超市小虽小却也五脏俱全，本想来两包乐事薯片最大包，手还没伸过去，张哈尼周身散发的寒意让我完全不敢再靠近。

"这两盒怎么样？"张哈尼举着两个特可爱的小铁盒过来，

一个画着樱桃小丸子，一个画着花轮同学，真心佩服设计者就这么把小丸子和花轮同学的关系给公开化了。

"好奸情的盒子……"我有些鄙夷。

"不要拉倒！"张哈尼瞬间冰山。

"谁说我不要了。"我向小丸子和花轮伸出魔爪。

张哈尼把小丸子的盒递给我，自己抓着花轮盒子不放去门口付账了。

月黑风高，杀人夜。此时我们坐在空荡的观光小火车里，我兴致勃勃地吃着小丸子盒里的小饼干，发现张哈尼异常沉默。

"你……"我半含着饼干问。

"没事……只是有点儿恐高。"

"哦，我想问你那盒饼干能也给我吃么？反正你也常年减肥……"

张哈尼一脸恨铁不成钢的表情，把他那盒扔给了我。

"你喜欢看星星么？"张哈尼静静地问。

"现在谈不上喜欢，也谈不上讨厌吧。小时候好像很喜欢，一天晚上一个人仰着脑袋一直数着星星，等眼花头晕的时候却发现已经迷了路，完全找不到家的方向。然后一个人边走边哭，终于看到了来找我的爸爸，当时就被我爸踹了两脚，大声训我，看我以后还敢不敢再出来数星星。然后……然后就被爸爸背起……睡着了……"

"你有个好爸爸。"张哈尼认真地说。

"嗯。"我笃定地点点头。

虽然小时候我爸没少揍我，但每次都因为我活该啊，自作自受啊。

我印象中，最后一次被他揍，是因为我跑到河边去玩水。那个地方，不久前刚淹死了两个学生，我爸跟我强调N次说不准去那里，太危险，结果都被我左耳朵进右耳朵出了。等到晚上我浑身湿透地回到家的时候，我爸啥也没说拿起皮带就往我屁股上抽。

那也是我第一次见他生气，从小到大，他都乐呵呵的，就那次，他气得全身哆嗦，连我娘亲都吓坏了，愣是不敢上前劝，就看着我嗷嗷大哭。事后，她给我抹药的时候，还雪上加霜地拍了几下，嘴里还振振有词地说："再惹我老公生气，我灭了你小兔崽子！"

他们真的是我亲爹亲妈吗！

"真想现在能看到一颗流星啊。"就在我回忆我的极品爹娘的时候，张哈尼突然来了一句很偶像剧的台词。

"你怎么也喜欢《流星花园》这一套。"我不屑地撇了撇嘴。

"什么《流星花园》，不许把我跟台湾呕吐剧扯到一起。"张哈尼哈日哈美，生平最恨台湾偶像剧，"真想找到一颗属于我们俩的流星……"张哈尼声音变得很轻。

一阵风起，话被风吹散，我似乎听到了些什么，又像什么都没听见。

吃喝逛系列完毕，我心怀忐忑终于跟张哈尼进了套房。

有生以来第一次跟男人住宾馆，真汉子此刻也可以在夜色的掩饰下，稍微娇羞一下吧，我低着脑袋在想，我要不要装个矜持说声"那个，我睡左边吧……"，再或者问问，他想不想打地铺。

"你睡靠窗的那张吧，那张我没动过。"张哈尼一句话打破我的幻想。

这是个标准间，对于有轻度洁癖和常年从事会务工作的张哈尼来说，他早就订了两张床的标准间，靠窗的床单上连个褶皱都没有，床边还放着一个沙发椅，椅子上是没拆封的一次性拖鞋和洗漱包、毛巾、浴巾。

"我这有睡眠面膜一起做吧。"张哈尼不知道什么时候已经钻进卫生间了。

"哦。"

洗洗涮涮后，关了灯，我们躺在各自的床上，脸上敷着免洗的面膜。

"那个，能问你个问题么？"张哈尼的声音在黑暗中异常温柔起来。

"请讲。"我一阵紧张。

"我微博上的头像你真的以为是我照片么？"

"嗯。"好吧，我还是真好骗。

"知道么？陈皮你是我第一个见面的网友，也是我第一个网友变成真正朋友的人。"

"你对我来说也是。"

"在认识你之前我用过自己的照片做头像，很多人要见面，要一夜情……换了头像后我跟他们说这才是我，那些人都骂我……拉黑我……"

"要是早知道你是小帅哥，没准真不想加你了……看了你的头像后，只是想着保护你……"我的声音渐渐低落，一股困意阵阵袭来。

"谢谢。"

"什么？"

"谢谢你能真诚待我，谢谢你走近我……陈皮……你怎么不说话了？"

"啊……咳咳……对不起，你刚说什么，我好像睡着了。"我没说谎，我是真的睡着了。恍惚中听到他说了谢谢，还没来得及细细回想，就被他一顿鬼吼给吵醒了。

"什么也没说！"夜色也挡不住此时张哈尼一脸的黑线，"你说，你怎么能跟第一次见面的男人共处一室，就这么轻易睡着了，我跟你说，我必须是你最后见的一个网友知道么？你这大大咧咧的性子不改改，以后肯定吃亏……"

"嗯。嗯。知道啦。"说了半天，你也是网友唉，干吗对我要求这么多。

"睡吧，明天早上八点带你去吃西餐自助，开会前我让司机送你回去。晚安。"

"晚安。"

突然好甜蜜，但这一夜的某些希望终归是希望，而感动也许并不是一瞬间的感动。

张哈尼，永远只能是张哈尼。

从那之后，我和张哈尼成了饭友、逛友、拍友。因为他永远都知道，只有用美食才能把"死宅死宅"的我约出门，而且他绝对够哥们，相识的几年里，他带我吃遍了帝都大大小小的高档餐厅。他绝对是不亚于闺蜜的逛街必备良品，从巴黎到米兰，从纽约到马德里，从奢侈品到高端电子产品，从鞋子到丝袜，从内衣到皮手套，张哈尼不去《时尚》之类的杂志社兼职，真是时尚界的一大损失。张哈尼生平另一个爱好是摄影，好吧，我必须说，在认识张哈尼之前，我就基本没有能拿得出手的照片，张哈尼从拍立得到最新单反都有收藏，他家里简直就是个摄影发烧友必抢之地。每次跟张哈尼出去玩除了吃美食，还能收获N多自己美美的照片。

所以为了美食和美片，我可以容忍他时不时的毒舌腹黑。

"陈皮啊，你的人生还真就是块抹布。"

"你也老大不小了，你这身肉真该减减了，还记得自己上次看见脚尖是什么时候么？"

"你还真是只长肉不长心！"

……

诸如此类的句子，从他嘴里蹦出来，我早就习惯了。

刚刚吃完张哈尼准备的幸福大餐，虽然穿着他的闪亮亮西装不是很合身，但至少我能走进会场人模狗样地见人了，再也不用蹲在墙角画圈圈了。所以说，张哈尼永远是我的救星。

可是，我真想问一句，今天到底是什么日子？！

是我眼花了还是怎么着，林苹果为什么也出现在了会场里？！

三年未见，他略微发福。不管我们在网上如何开玩笑如何耍贫嘴，猛然见面，还真有点不适应。"哟，范爷，好久不见。"现实里的林苹果红口白牙冒了这句。

不都说，最云淡风轻的问候里，常常包含着最深厚的想念么？比方说"好久不见"。

我真是无比讨厌这四个字，尤其是他说得这么深情。

更让我讨厌的是，为什么我永远在最爷们儿、最不愿意见熟人的时候总能遇到他，今天扎起了马尾，穿了一套张哈尼的西装，如果我是范冰冰那叫中性美，肯定还能上几个八卦杂志的头条，可我还是陈皮，比纯爷们还纯爷们儿啊有没有！为什么不能让我在最美最耀眼的时候，闪瞎他的狗眼啊！

我的人生，真是狗血啊！

"他是谁？老情人？不得不说我低估了你曾经的底线。"张哈尼这边刚跟人玩完各种虚假的社交礼仪，扭头就给我一句吐血的评价。

林苹果偏偏这时候还凑过来："陈皮，这是你朋友？怎么也不给咱哥们介绍介绍！"

"这是……这是林苹果……这是……"我开始结结巴巴。

"不好意思，我没兴趣认识什么蔬菜水果的。"张哈尼带着优雅的笑容毫不留情地转身离开。

"你朋友还真有意思。"林苹果伸出去的右手握了一把空气，略显尴尬。

"他就这样。"我不打算帮忙把林苹果的面子捡回来，可惜友谊不只是按时间衡量的。"我还有事先走了。"丝毫没心情跟林苹果叙旧。

那场晚会是怎么结束的，我完全失忆了。

我只知道，最后，张哈尼和林苹果眼神碰撞，火花四射。

突然之间我觉得他俩还挺般配的。

但事后，两人同时对我特默契地说：离对方远点，他不是什么好东西，你玩不起。

狗血的人生，从来不需要解释。

我需要找点正常的男人来放松一下。于是，登陆了好几天没上的婚恋网。

这是林苹果做得最仗义的一件事了，至少，信箱里躺了几百封男士的示好信息，看他们奇奇怪怪的留言，真是解压良品。

"亲爱的，我对你一见钟情，请让我为你写首诗好吗？"

"我脸皮比城墙厚，求交往。"

"为了你，我愿意来帝都闯荡。我的QQ：★★★★★★★★★，请加QQ聊，因为你的来信我看不到，我不是会员。"

"美女，我们能视频聊天么？要再发我几张照片也行啊。"

"其实我有老婆，但是我觉得你才是我的真爱，能见面聊聊么？"

"听说过安利吗？找我，五折优惠。"

……

一条条翻下去，还真有一个正常的留言。"你好，很高兴认识你。我认真看过你的资料和要求，觉得我们很合适。我不会要求立刻见面，期待你的回复。"

点进他的资料，长相清秀，偏瘦，是个小医生。虽然不是我喜欢的款，但他每天一条留言的坚持，已经自言自语了一周，总要给人家一次机会嘛。

所以，我有史以来，第一次做了回应："你好，很高兴认识你。"

04 白天怎么欢乐都成，
晚上怎么难过都成

1.

我想，有些友谊真的是经不起时间考验的。

就像我和林苹果，三年前我们可以无话不说，可对三年后他的再次出现，我变得无话可说。

他的态度没有变，行为没有变，人也没有变，那么原因只有一个，变的是我。

或者，变的是他的身份，他成了某某的老公。

原本以为还能找到曾经那种嬉笑怒骂的友谊，但我发现，我做不到，像我三观这么正的姑娘，真心做不到跟某某的老公以友情的名义玩暧昧。于是，我开始无视他在网上的留言，手机来电也假装没看到，即使他找我，可能只是为了尽红娘的职责。

直到今天他发来短信，说："范爷，江湖救命，三万块有没有？"

我微微皱了一下眉，虽然我现在每月工资加奖金，也能拿到八九千甚至上万，但作为月光族吃货组的资深会员，我真心没存款。

为此，我家老太太和老头天天念叨，怎么就不够花，怎么就存不下来钱。我也想存点钱啊，可是，不要忘了，这里可是帝都啊。就算我一个月固定有一万块钱，税后也只剩7454.3。现在租房一室一厅最少3000、水电宽带等300、交通费200、餐饮费用1670、日用品100、服装鞋子300（很低了吧）、手机费100、交友900、礼物份子钱月均摊200、给父母500、旅游月摊300，算下来之后每月开销7420，结余24.3元。

哪怕是最后剩的这24.3元，也会让我随便在路边买个大煎饼给吃掉的。

于是，每月花光光，光得不能再光。

话说，林苹果干吗要找我借这么多钱啊？现在骗子那么多，这小子的手机不会被盗了吧？

我把电话拨过去，接听的竟然真的是他本人，我问："有多急？"

"现在立刻马上。"我不是敏感的人，但仍然听出他声音里的疲惫。

"好。账号发给我。"说完我就挂了电话，因为不想听到他说谢谢。

我没钱，所以只能找大款刘不二借了三万，让她直接打给林苹果。

"陈皮，你跟我说实话，你是不是喜欢那个苹果？"刘不二转完账之后，又给我打了个电话。

"他一直这么穷，从来如此。认识十年，找我借钱的次数远远超过十个手指。好多同学说，我们俩就应该是一对。但没错，我嫌贫爱富，所以我不可能喜欢林苹果。我就这么现实这么世俗的人，所以活该我单身。"我自嘲地说着，心不在焉。

"放屁。不喜欢你居然还能一直借他钱，对不喜欢的人，我绝不可能干借钱这么高风险的事儿。"

"您是金牛座，谁有您火眼金睛、高瞻远瞩啊。"刘不二是典型金牛女，谁没钱她绝对不会没钱，存钱数钱绝对是她生平最大乐事，当然第二大乐事就是吃了，要不一样贪吃我俩也不可能成为死党闺蜜。

"陈皮我跟你说，昨天我家来了一个神奇的客人，那脑门儿，贼亮……"刘不二，你的话题敢再跳跃点么。前一秒还在说林苹果呢，后一秒就转到昨天她家的神奇的客人身上。

但我刚跟她借了钱，不能迅速就翻脸挂电话，所以只能忍着，听她讲了快一个小时。

作为一名当年考研报考清华大学，最后被调剂到北大的人，脑门哥确实是一个传奇，从小被授予"第一哥"的美誉。比如：考试成绩永远第一，无论哪里都是第一，全班、全校、全县、全市、全省。

因为有超好成绩的神圣光环，所以脑门哥即使干下再龌龊的事儿也不会被追究。比如，高三的时候，校长为了关怀未来的省状元，下班后把自己的套间办公室专门留给脑门哥上晚自习用，而脑门哥充分利用了校长室的地理优势，带着崇拜自己的学姐，在一个月黑风高夜凶残地给自己开了苞。此次事件直接导致脑门哥从准清华生变为复读生。好事成双，脑门哥复读后的高考，由于兴奋过度高烧不止，脑门哥又一次错过了清华。在脑门哥的字典里大学只有一所，它的名字叫清华，于是又经历了常人无法想象的第三次高考，又一次鬼使神差地发挥失常后，他终于接受了三次失败的命运，终于放弃第四次尝试，上了二志愿的大学，与刘不二的男朋友成为校友兼舍友。四年后，考研路上脑门哥依然错失清华，来到了北大。在"清华之路"上，脑门哥前额的头发越来越少，脑门越来越亮，就这样从"第一哥"成功蜕变为脑门哥。

当然，脑门哥的考研之路上也不乏各种诡异的八卦。据说某日脑门哥做习题做得濒于崩溃，一个人去操场上寻找人生的意义，就在这时，一个长发白衣翩翩的倩影从脑门哥眼前飘过，脑门哥如段誉见了王语嫣，杨过遇见小龙女，老黄狗闻到了肉骨头，一路尾随至考研必修地自习室。见女神在靠窗户的位置坐定，拿出习题册，脑门哥更有种久逢知己的欣慰：女神竟然也是同道中人。

脑门哥兴奋地坐到女神身边，开始搭讪："你也要考研么？"

女神看看身边的脑门哥，一脸狐疑小声回答："是啊。"

"你要考哪个学校？什么专业？"

女神蹙眉抿嘴道："清华，IT。"

"太巧了，我也考清华，我考管理。"

"哦。"女神低下头开始装忙。

脑门哥发现同样考清华的话题并没引起女神兴趣，摸着自己寥落的前额，努力发掘下一个话题。"哟，这薯片是你的吧？"脑门哥自作主张把女神练习册旁边的大包薯片打开就吃。

"是。"听着不雅的咀嚼声，女神难以置信地看着脑门哥大吃特吃。

"这薯片真好吃，你不吃点儿么？"脑门哥大方地将薯片递向女神。

女神低头不语。

"以前没吃过这个牌子的薯片，没想到这么好吃。我平时爱吃乐事的，你一直吃这个牌子的么？"脑门哥对薯片这个话题自信满满，决定将薯片进行到底，"对了，这个薯片是谁代言的来着？"

女神终于忍无可忍，起身抓起练习册和书包绝尘而去。

脑门哥嘴里的薯片还没咽下，手里抓着半包薯片，一路猛追，边追边喊："哎……你别走啊……你的薯片……"

女神见他居然追出来，吓得小脸惨白边跑边喊："薯片我不要了……别跟着我了。"

"你叫什么名字啊？手机号给我啊，我明天还你一包新薯片啊。"脑门哥贼心不死。

女神孤注一掷，彻底装聋作哑一路疾奔，终于在某个转弯处将体力不支的脑门哥彻底甩下。

女神事件后，脑门哥很少吃薯片了。似乎心伤胃也伤到了。

复习瓶颈的时候，他也不想再去追那些白衣长发的倩影了，这次脑门哥换了条路溜达，没承想，顺着学校后门小路走出没多远，竟然有家新开的成人用品小店，这真是柳暗花明又一村呀，脑门哥不禁眼前一亮，贼心四起。

看店的是个慈眉善目的大婶，大婶见到脑门哥进来分外热情，以为大晚上来逛的肯定是大客户。

"小伙子需要点儿什么啊？"

"我随便看看。"脑门哥四下张望，这里好多东西动作片里都没见过。

"随便看，有不知道的就问大婶，别客气。"大婶心想：估计这孩子脸皮薄儿，看来不是简单来买避孕套的，没准真是个大客户。

"哦……那我不跟您客气……阿姨，这个是什么呀？"脑门哥随手抓起一个类似高级迷你皮撅子一样的东西。

"哎呀，小伙子真有眼光……这是周一我们店刚到的美国新货，名字叫梦幻太空杯三号，男士专用，它可是全球最高品质男用仿真与便携器具的完美组合！让阻街女郎失业的可怕武器，美国太空总署专为宇航员设计的太空杯，让你欣喜若狂！"这大婶，没准以前是中文系毕业当过编辑写过文案的吧。

"我能试试么？"

我能试试么？

我能试试么？

我能试试么？

大婶有点崩溃："小伙子，我们店的东西真的不能试……"

"可是，我不试试，怎么知道合不合适呢？"脑门哥露出超无辜的表情。

"这……这些东西试了就没法再卖了啊。"

"哦，好吧，那我不试了。"脑门哥好生沮丧。

"这个好玩，阿姨这是什么呀？"脑门哥又对一个看似咸蛋超人眼镜的东西起了兴趣，"阿姨，这个眼镜好软，为什么只有一只眼镜腿儿？"

"孩子，这不是什么眼镜。这是给女生用的，呵呵。"阿姨不好意思地笑笑。

"哦，给女生怎么用呢？"

"这……这个是女生下面锻炼用的小哑铃。"大婶也有些不好意思。

"好高端呀。居然是哑铃，手感真好。"脑门哥一脸艳羡。

随后的一个多小时，脑门哥左摸摸右摸摸，玩遍了店内所有商品。大婶实在受不了，跟脑门哥商量："小伙，你们宿舍快熄灯了吧？你不用回去睡觉么？"

"哦，没事儿，我是考研的，我在外面租了房子，不着急回去。"

大婶继续崩溃："那小伙子，阿姨送你两盒套套，你早点回去好不好？"

"真的送我？"脑门哥眼冒贼光。

"来，拿着。"大婶从角落里翻出两小盒塞给脑门哥。

"阿姨，我想要大盒的。"

……

据说，后来这家小店很快就倒闭了，原因不得而知。

感谢在脑门哥考研之路上，默默做出牺牲的无名群众演员们。

今年脑门哥终于研究生毕业，工作找好了，月薪过万。

我知道刘不二跟我说这么多是什么意思，这脑门哥，应该就是我下一位相亲对象，虽然听着就是个极品，但我无法推脱。因为我欠她的钱，就等于欠她的情。

所以，最后，她说："就在你家附近那商场，晚上见见。"

我不再找任何借口，直接痛快地答应了。

2.

第一次见面，这位哥哥迟到了半小时，我和刘不二在商场里面的果汁店坐着等他。刘不二还在不停地向我介绍脑门哥的情况，说："这小伙是他们家族里唯一的男孩，特别受宠，他们的家族在他们那里特别的大，他是四代单传，上面有五个姐姐，从小就被家里人众星捧月，他就是民国时代的大宅门少爷。"

在这种环境下生长出来的男人，能靠谱么？

刘不二还说："人很好，也老实。"

我一听到人很好很老实这句话，就彻底黑线了。刘不二，你之前介绍的一个小时里，哪一点能证明他很老实啊？

我无奈地转移话题问："你跟他说我是胖子了么？"

刘不二瞧了我一眼，说："你现在不是减了肥了么？"

"那跟他那185的身高、120斤的身材相比，我也依然是胖子啊。"

"没事，我说了，人家就喜欢肉肉的。人家注重手感。所以，你给我自信点就成了！"

"手感……他果然是色情狂。"我小声吐槽着。

"找个有经验的你又不亏，以后你就知道有经验的好了。"

　　"姐姐，这个话题咱打住吧！"这可是人来人往的商场啊！我们都聊了什么啊啊啊……

　　半个小时之后，脑门儿哥姗姗来迟。

　　初次见面，毫无感觉，不知道是不是因为刘不二之前铺垫得太多，以至于我怎么看脑门哥都像一变态。幸好有刘不二在旁边，时不时地说点话题。其实，具体说了什么我都不记得了，只记得刘不二强调，第二次见面一定让脑门哥请我们吃饭。然后我和刘不二开始在广场逛街，他自己原路返回。

　　逛商场的目的，是给肥总买手机。白天的时候，她用公司电话打给我，理直气壮的，说手机丢了让我给买新的——上班的时候，边走路边打电话，打着打着，手机就不见了。一边说，还一边跟我夸赞那小偷的作案手法真娴熟，前后不到十秒钟耶，手机就没了。

　　破财免灾，破财免灾，我只能这样安慰自己，这已经是她今年丢的第四个手机了。我甚至决定，这次，给她买个二百块钱山寨机算了。但刘不二在旁边不停地说："你不能这样虐待儿童啊，快看这新款，真帅，买这个吧！"

　　我咬牙切齿地看着价签，用力转身朝最便宜的柜台走去。最后选了一款打完折三百多的，心满意足去结账了。

“肥总会记恨你一辈子的。你就不怕报应。”分手前，刘不二同情地看着我说。

“不管是恨还是爱，记着总比忘了强。”我没好气地回了一句。

“你当她是男人啊？还恨啊爱啊，偶像剧真心看多了。”刘不二不损我几句是不会舒心的。

“十点多了，再不回家，小心你家门被反锁！”

有时候，话真的不能乱说，我当时只是随口诅咒刘不二被反锁门外，没想到这句话真的会成真，只是当事人换成了我，而刘不二那句“报应”立竿见影成了真。

我从电梯出来之后，用钥匙怎么也打不开门。肯定是肥总见我回来太晚，把门反锁了。敲了半天门都没动静，但从窗户能看出灯都亮着，家里是有人的，肥总肯定在家，唯一的解释就是：她睡着了。

我拿出手机给她拨过去，电话那头传来“已关机”的提醒，我才想起来，她手机丢了。

以我二十多年对肥总的了解，只要她睡着，那是雷也打不醒的。

所以，现在，就算我踢门把脚给踢残了，她也不可能醒来给我开门。

我在走廊里来来回回，走走停停踢踢门，心情暴躁到了极点。此时，已经是深夜十一点半了，两边的邻居已经出来看我好几次，我只能赔着笑脸抱歉地说："被锁门外了。见谅见谅。"

门是踢不成了，唯一撒气的地方也没有了。我捧着手机，不知道在这个时间，能打给谁。刘不二？张哈尼？林苹果？太后白……

把通讯录翻了个遍，觉得，此时，打给谁，都是打扰。就在我要放弃的时候，手机响了，来电人：林苹果。

"范爷，钱收到了，谢谢。我会尽快还给你的。"电话那头各种嘈杂，他的声音也忽远忽近的。

我问："你现在在哪儿呢？"

"北京西站，刚坐上火车，家里出了点事儿。"

同时勒令我每周至少上一次婚恋网去收信息。

最后，他说："我以为我这次可以帮到你，没想到，又找你帮忙。以后刀山火海，只要你说，我立刻到。"

其实，我特别想说：我现在就需要帮忙，立刻，马上。

我被肥总给锁在了外面。我今夜无家可归。

可是林苹果，你在火车上啊，你怎么帮我！

每次都这样！

每次！

3.

鼻子酸酸的，不想再听下去，直接挂了电话。

林苹果说我从来没当他的面掉过眼泪，其实他错了，我当着他的面，不是不想掉眼泪，而是每次，时机都不对。

今天是这样，三年前也是这样。那次，我爷爷去世，而他，结婚。

他不知道，就在他发短信告诉我，他要结婚了，让我准备红包两天后帝都摆酒时，我在老家，正在爷爷的坟前，默默地烧纸。从爷爷去世那一刻一直到入土为安，我一滴眼泪都没有掉，但看到这条短信的时候，我哭得死去活来。

别误会，我不是喜欢林苹果，只是"结婚"这两个字，让我不得不面对一个事实：爷爷真的没了，在我还没找到男朋友的时候。

爷爷生前，对我说："放心吧，你还没找到对象呢，我不会走的。我得看看我大孙女的另一半是什么样的人。"他老人家最大的心愿，就是我能找到对象，带到他身边，请他好好参谋，然后等我们结婚生子，请他给孩子取名字，看我的孩子慢慢长大。

可是我这么多年，到底在做些什么？！

明明老家离帝都只有一个小时，我却两三个月都懒得回趟老家！明明可以有很多机会找到男朋友，可是我都装作视而不见，觉得年龄还小，还有玩的资本。明明知道爷爷病了，我却因为工作太忙一直没去探望，直到医生下了病危通知。

　　"闺女，赶紧回家。"那天，电话那端妈妈的声音特别苍老。

　　我突然有种很不好的预感："怎么了……家里有事？明天就周五了，不急的话，我跟小肥周末一早就回去……"

　　"你爷爷要走了。"我妈瞬间涕不成声。

　　"爷爷……要走了……"脑袋突然一片空白。

　　我记得那天放下妈妈的电话后，第一反应是：找林苹果，拉着他一直到爷爷的病房，告诉爷爷，这是我的男朋友，我有男朋友了。虽然是假的，但我想让爷爷安心一些。

　　可是，无论我怎么给林苹果打电话，那边都是统一的提示音：您好，您拨打的电话已关机。

　　第二反应，环顾四周，办公室里的男同事们，要么太老，要么太矮，要么就是长得太变态，在文字圈，想找个能看得过去的男人，还真挺难的。为了不让爷爷看了后病得更重，我果断放弃了找假男朋友这个念想。

　　我不知道林苹果是什么时候开机的，但收到他结婚的短信，距离我给他打电话，足足过了五天。

　　那一刻，我除了哭，不知道还能做什么。

两天后，回到帝都，林苹果在某酒店，真的摆起了酒。只一桌，只请了他在帝都的朋友，如果不是他身边站着一个穿了一身红衣的女子，我真觉得他是在开玩笑，在玩过家家。

按说，七年的友谊，我应该包一个大红包的，但我恶毒地想：在我最悲伤的时候，你竟然结婚了，你经过我同意了吗？！你凭什么突然就结婚了！那个女人是谁？什么时候认识的？作为好哥们，为什么从来没听你说过！你把我当什么了！

我知道是我钻牛角尖了，我们俩本来就没有任何关系。但我还是恶狠狠地在红包里，只放了二百五的份子钱。

林苹果客气地向我介绍着他的老婆，我点了点头，算是打了招呼，然后就坐在角落里，玩起了手机，其实什么也没玩，只是打开，关上，再打开，再关上，懒得跟所有人聊天而已。

酒桌上，他哥们张扬地问："你怎么这么突然就结婚了？"

我竖起耳朵，等着听他的解释，因为我也很好奇。可是林苹果竟然一句话没回答，只是端起了酒杯，仰头喝完，然后才笑着说："这不是缺钱，用结婚来换红包吗？"

我撇撇嘴，心想你小子是穷，但也不是一年两年了，红包那点份子钱，也值得你牺牲一辈子？

内心正在吐槽，突然听林苹果说："范爷，我今天大喜的日子，你就没什么想说的？"

我说："有，祝你们白头偕老，早生贵子。"然后端起酒杯，干了一杯，算是祝福。

有个同学起哄道："陈皮当年又是班长又是老林的同桌，你就这么一句祝福可不行。"

"就是，就是……陈皮现在还是大杂志社的编辑呢，怎么能这么惜字如金。"一旁的几个也跟着附和。

"新郎都没说话，你们有什么好嫌少的。"我下意识地将眼前的饭碗倒满了酒，环看了四周，一饮而尽。我只看到了林苹果同大家一样惊讶的眼神，却忽略了他攥紧的拳头。

我从不爱喝酒，因为无论我怎么喝都不醉，也不知道自己是什么体质，连喝醉撒酒疯说出真心话的机会都没有，别的女生可以酒后脸红话软让人照顾，我每次酒后都是帮人收拾烂摊子，活该我只能永远当汉子，活该永远清醒理智。如果不是他结婚，我真想找他好好哭一场，告诉他，我爷爷去世了，最爱我的爷爷再也没有了。可是他却是结婚，而不是别的什么，我只能选择沉默。

那天林苹果喝多了，没怎么说话，只是一杯接一杯地喝酒，最后的时候，哭得像个孩子，像受了天大的委屈一样。

其实我也想哭，但当着这么多人的面，我只能笑。

笑他从此成了家，有了责任，从此不再自由。

笑我以后再也不能肆无忌惮跟他勾肩搭背，不能再开相互的玩笑。

笑我们终于真的长大了。

笑我们终将逝去的青春。

……

再后来就是各自回家后，就再也没有联系了。无论是电话短信，还是网络QQ。

4.

那天晚上，我等了半天门，屋里依然没动静，我又懒得出门打车找住的地方，反正也需要冷静一下，也需要大哭一场，所以干脆就坐在门外，一直等到后半夜肥总起来上厕所，我才终于进了屋，也终于大病一场。

"那啥，你喝不喝姜汤，我给你熬点儿。"肥总一改平日的嚣张样，由于愧疚此刻分外温柔。

"我想吃红烧肉。"我眼睛都懒得睁。

"范陈皮同学，您还发着烧呢，吃什么红烧肉啊！大半夜的！"果然这丫头稍微一测试，又原形毕露了。

"你还知道我发烧啊，是谁害我大半夜发烧的？"

"好了……我给你做去。"

见肥总真去厨房，我赶紧叫住："回来，我又不想吃了，给哀家揉揉腿吧，站了一晚上，累啊。"

"皇后娘娘，您觉得这个力度可好？"肥总还真乖乖地给我揉捏上了。

"还行吧，太后上周赐的伊犁贡枣可还有？这阵子嘴苦得紧，明儿个给哀家熬碗红枣羹吧。"

"你给我好好说话。"肥总猛掐我小腿。

"咱妈给拿的大枣还有的话，明天做粥给我放几个呗。"我疼得眼泪差点下来。

张哈尼知道我借钱给林苹果的时候，把我臭骂了一顿。至于他为什么会知道，纯粹是因为刘不二那欠抽的，把我借钱这傻事当典型，在微博上以过来人身份教训广大无知青年，这条微博刚好被闲来无事的张哈尼给看到。

"你可真行！请问你有钱么？"张哈尼愤怒地质问我。

"没有。"我实在不明白，借的又不是他的钱，他有什么可生气的。

"那借给烂苹果的钱是哪来的？"他继续质问。

"跟刘不二借的。"我如实回答。

"哟，真有本事还跟别人借钱去借人，这是多深厚的感情呀。"张哈尼嗓音提到高八度。

"你别阴阳怪气的行不行？"

"你能不能长点心呢？"

"我怎么没长心了？我们认识那么多年了，我借他也不是一次两次了……"好吧，我彻底火上浇油了。

"好啊，你们认识时间长，我跟你认识时间短是吧？真是一点没错！"

"我不是这个意思。"

"你就是这个意思，陈皮，你知不知道，你就是彻头彻尾的大傻瓜。"

谁说吵架的时候不能跟女人讲道理，吵架中的男人也根本无法讲道理好么！我想不通张哈尼哪里来的这么大气性，突突地跟机枪一样疯狂扫射，恨不得把我杀个片甲不留。

"你说话的声音怎么变了？怎么回事？"估计是半天听不到我顶撞他，他的气也消了一些，终于意识到我今天的声音不对劲了。

"感冒了。"我依然诚实地回答。

"你说你这大身板子，怎么这么爱感冒啊？"张哈尼恨铁不成钢地说道，"这次又因为什么着凉了？"

当张哈尼知道我被关在门外待了半夜，得了重感冒之后，骂得更凶了，他问我："为什么没有给我打电话？"我真觉得他可能是更年期到了，刚刚还好好的，现在又开始发起脾气。

"为什么要给你打？"虽然当时手机翻到了他的号码，可我不是为了他好吗？不想大半夜的打扰他睡美容觉。

"你都知道给烂苹果打，就不知道给我打！"我觉得张哈尼可能要疯，这跟林苹果有什么关系啊？我们聊天干吗要扯上林苹果！

"因为他欠我的钱，我是债主。"我头疼啊，是真疼，我是病人，还在感冒，他就不能别再咆哮了吗？

"我还欠你的情呢！"欠个屁情啊！

"胡说！我可从来没喜欢过你！"我真想直接挂了电话，不再搭理他。结果，没等我挂，他先骂了我一句"你就一混蛋"，然后，把电话给挂了。

他活腻了吧！就算我现在是重感冒，我也有摔手机的力气！

虽然我也觉得自己感冒的次数有点多，但是，为了不浪费时间，在家里休息的时候，我一边头晕着，一边刷婚恋网站的网页，这种找男人的态度，够敬业吧。

我对网上认识的人，从来都是质疑的态度。而且他们大多也没什么耐性，有的见我不回信，就不再搭理了，有的是越聊越没感觉，果断放弃，连见面的欲望都没有。

最好笑的是一个自称专家级摄影师的帅哥，他说："以我专业的眼光，你只要再瘦四十斤，就绝对是模特的脸蛋，绝对比范冰冰更美。"

去你大爷的四十斤，我减下三十斤肉，就挥汗如雨了近一年，还要减四十斤，要我命么？！

"可我不想减肥了。"反正我也无聊，所以装成无知小姑娘陪他玩一下好了。

"乖，好好减肥，减肥成功后，哥哥带你去海边玩哦。穿着比基尼，一定很美。"

海边？比基尼？

啊呸，我果然是在自虐，果断拉黑。

虽然婚恋网上的极品很多，但之前，有一个小医生是例外，他自言自语地坚持了很久，脸皮足够厚，就冲这点，我也得给人家点机会。所以告诉了他我的个人微博地址和手机号码。

毕竟我的目标是明年把自己嫁出去。

之前聊天中，知道他是在T城医院工作暂时无法回帝都，而我又不喜欢跟网友聊天，所以，有一段时间我特别烦躁。有本事你就来帝都见我一面，喜欢或不喜欢见了面之后再聊，可现在这样，跟网友没什么区别，我最讨厌跟网友扯东扯西啊！当然也可以上升一点，可以叫网恋！本来跟张哈尼网友发展出现实友谊，现在已经够让我心烦的了，我最BS的就是网恋！见都没见过，恋什么恋啊！

于是，我越来越不耐烦，越来越不想继续聊天，他每天定时地打招呼，我假装看不到，或者以工作忙为由懒得回复，直到今天，他还在坚持问候，我终于忍无可忍爆发了，头晕感冒什么的是最好的借口，完全不用再顾及别人的面子，再加上刚刚被张哈尼骂混蛋，我这火真是突突的。

我说：我们要么见个面，要么就算了。免得每天像例行公事一样，有一搭没一搭地聊着。

我又说：我最讨厌的就是像网友一样聊天，最不能接受的就是网恋。

我再说：懒得再继续这样下去了。

我最后说：实话说了吧，我对你一直就没感觉。

现在觉得，我这些话硬邦邦的还是挺伤人的。等我一通发泄之后，他才开始说：你知道我是怎么想的吗？

他说：就目前这情况，即使见了面也还是网友。因为肯定不方便经常见面。

他说：其实我也不喜欢这种方式，我真不知道，他们网恋是怎么恋的。

他说：我想得很简单，现在咱们算是认识，这样就是随便聊聊，真的要开始，肯定也是我去了帝都以后，而且很快了，年底就能调回去。

他说：而且我跟你说实话，你可以对我没感觉，但我对你有感觉。

你可以对我没感觉，但我对你有感觉。

你可以对我没感觉，但我对你有感觉。

你可以对我没感觉，但我对你有感觉。

其实我特别想说，听到这样的话，我还是很娇羞地笑了，说得这么直白，人家怎么好意思嘛。但是我没有说话，他还在继续地说。

他说：我心里也着急，我就怕再这么下去，哪天你就会被别人给抢走了。

他说：跟你说实话，我心里都这么想过，你身边的男的都想什么呢，怎么还能让你一直这么单着？

被夸奖什么的总会让人高兴，而且难得有人对我这么直白地表达，但是没见面是硬伤，不可调节。所以，我坚决地说：我讨厌网聊，讨厌网友。

他说：我上一个就是因为两地分的手，所以我觉得异地恋基本不可能。我喜欢你，但现在这情况，见个一两面根本不能解决问题。我不会让你等太久，其实我心里比你还着急。之所以现在不能过去，因为还有些事情没有解决。但是，现在，我跟你保证，无论到年底是什么情况，我都会去……

听了这话，我就更郁闷了，我说：没见过面，怎么就喜欢了？没准你见了我之后，就没感觉了，现在这样不是白白浪费时间么？

他说：你照片上不就是你的样子吗，然后性格什么的，虽然了解得不深，但是也差不多吧，反正就是我喜欢的类型，这东西就是一种感觉，心动的感觉。

心动的感觉。

心动的感觉。

心动的感觉。

我能说我真的没有吗？我这么铁石心肠的汉子，就不知道什么叫心动！但是，话说到这份上之后，我突然觉得，网聊也没那么为难了。他继续说：其实，我一直都想找个机会把一些话说开了，我也感觉咱们以前聊天聊得有点别扭……

巴拉巴拉巴拉地，我俩竟然又扯了一堆。但是，他成功说服我了，让我没有当天与他一刀两断。关键是，他嘴巴甜啊，他知道我想听什么啊，我长这么大，还没有人这么直白地表白过。所以，就先这么聊着吧，虽然T城到帝都最多两个小时的车程，但是，年底也没多远了，也不是等不了。我还能趁机减减肥。虽然他一直说不嫌弃，但我自己要变得更美好点，更像小娇羞一点，免得到时太爷们儿，把人吓跑。

5.

第二天，张哈尼捧着鲜花来看我，但是，鲜花能当饭吃吗？！为什么不给我带点新鲜蛋糕或红烧肉来！所以，我不准备原谅他。

由于肥总与张哈尼势同水火，因为我病着肥总没下逐客令，只是把自己关进卧室，我已经很感激了。看着张哈尼一身黑西装，手捧着一束白色不知名的大花，还真像是来参加葬礼的，但这话我没说出口，我怕他把那花摔我一脸。

"你家花瓶呢？"张哈尼一直捧着花的手显然是酸了。

"这种高级货，我家从来不预备。"

"有用过的饮料瓶么？"张哈尼叹气。

"厨房可能有，自己找吧。"

一番折腾后，张哈尼居然自制了一个看着还挺有美感的塑料花瓶，别说，花插在盛满水的瓶里，确实比拿在他手里好看。

"这是雪莲花，是一月一日的生辰花。花语占卜上说这天出生的人个性高傲，喜欢完美无瑕的事物，容易被人误解为倔强、顽固及不容易妥协，实际上你是个吃苦耐劳、思想成熟的人。但是，你偶尔也会比较挑剔，你的高标准不是每个人都可以做到的，所以你应该保持冷静与克制……"

我忍不住打断："你什么时候开始研究植物玄学了？"

张哈尼一脸忧伤，继续说道："雪莲花的花语是……"

"我累了，不想听。"我拉了拉被子头进了被窝。

张哈尼的声音戛然而止，只听到很小的关门声，我的世界又安静了。

就在我享受难得的清闲时，刘不二又打来电话问我："死了没！没死的话跟我说说，你觉得脑门哥怎么样？"

我说：没感觉啊。

她说：那讨厌么？

我说：不讨厌啊，不就是脑门儿亮了点么。

她说：那哥们儿昨天给我老公打了快一个小时电话，特别兴奋，觉得可以跟你发展。

我说：他满意就好了。

每次相亲，我都是这态度，只要对方觉得我还OK，我就可以去试着发展一下，我也不知道自己在自卑什么，觉得自己确实挺极品的。但我总不能因为没感觉就再不相见了吧，总得再给彼此一次机会。既然对方不嫌弃我，我又不讨厌对方，就可以试着接触一下。

她说：人家相当满意，约咱俩一块去北大后门吃小串，然后再去游乐场玩。

说真的，我真不想去。但是，刘不二说我欠她钱欠她的情，所以，我必须去这一趟，行不行的，这一趟结束了再说，同时提醒我，要女人点，要娇羞点，人家就吃这一套。

北大后门某知名小串店里，刘不二同学正挑剔地看着菜单，沉思许久后，看着一脸青涩的服务员说："你们的菜单太简陋了，简直拉低了我的品位。这样吧，把你们老板叫来，让老板念菜名给我们听。"

啊！纳尼！服务员圆瞪着眼睛，愣是不动不说，站了足有半分钟，才奔向前台找老板。

"不二姐，这个店小是小点儿，但是味道挺好的，我给你念菜单吧。"脑门哥殷勤地说。

"哎，你怎么就不明白呢？"刘不二很是失望。

说着，一位胖中年看似老板的人物就来到桌前，正发愁遇到钉子客了，却发现了熟人脑门哥。

"这位大姐……实在对不起，我们菜单新印的还没出来。"

"叫谁大姐呀，你大还是我大啊！"刘不二最讨厌这脑残的套近乎。

"这位小姐……"

"哟，什么小姐啊……北大后门开店您还没学会用MISS么？"

"有什么吩咐您说话，这单我们给您打八折外送饮料。"胖老板哭的心都有了。

只见刘不二笑颜如花，宛若蛇蝎美人："老板这就对了嘛。"

这顿饭吃得脑门哥心惊胆寒，不时看刘不二。

我听刘不二的建议，故作娇羞问脑门哥："你还没看明白？"

"没明白，请明示。"

"咱们刚进店的时候，老板明明闲着没事看电视，看到我们却丝毫不招呼，还有，服务员连桌子都没擦干净……"

"就因为这？"脑门哥惊呼。

"这还不够么？作为餐饮服务单位，藐视客人，不注意餐饮环境卫生，这还不够么？脑门，亏你还是学管理的。"不二一脸严肃，一身正气，瞬间公检法附体。

这就是刘不二同学，正义的使者，腹黑女王的化身。经常在地铁上威逼各种猥琐男青年给老人、孕妇让座，还曾徒手追凶八公里，只因为那人在公车上对她出言不逊……我一直觉得《蓝精灵之歌》可以改成《刘不二之歌》：

> 哦，可爱的刘不二，
> 哦，可爱的刘不二，
> 她能充满勇气腹黑无敌斗败了恶势力，
> 她能一身正气快乐多欢心……

餐后，刘不二恢复了好心情，我们三人去了游乐场。既然来了，那就好好玩吧，于是，我去了最爱的鬼屋，在鬼屋里，还可以继续装装娇羞。结果进去之后，鬼跟来了，拍了拍这位身高185的脑门哥的肩膀，他"哇"的一声大哭！坐在地上不起来了！

而更为崩溃的是，另一边一个扮鬼的工作人员被刘不二打了，场面甚为混乱。

我这头给脑门哥递纸巾擦眼泪，那头给被打的人赔不是。被打的人摘了面罩后只见右眼一圈都是青的，实在是凄惨。

"没办法，我的应急反应系统过于敏感，遇到潜在危险本能反应就是攻击。不过，你们这些工作人员平时都不进行防护训练么？我用的可是最基本的招数啊。"刘不二毫无悔意，振振有词。

"对不起，对不起，我替我朋友道歉了。那个，你们把我另一个朋友吓哭了，他可是北大研究生，就算扯平好吧。"

趁着对方没想起追究责任，我拉着这两只赶紧从游乐场回来，我觉得我的头彻底晕了。

本来感冒就没好利索，被脑门哥一气，被刘不二这么一吓，觉得人生怎么这么绝望呢。

看着手机里，脑门哥发来的短信，问：下周末有时间吗？一起吃个饭。

我说：好。

之后再无沟通，直到下周末来临，也没有。我倒是没有在意，就当没这事儿了。不久之后，刘不二突然在网上跟我说：我觉得我对不起你。

我问：怎么了？

她说：那个该杀的脑门哥，前几天给我老公打电话，说跟一学姐好上了，两人火速同居了！

我当时特淡定，说：无所谓啊，本来也没感觉。

她说：但这转折也太快了吧！他说你一直没联系他，觉得你不够主动，正好学姐在倒追他，他很享受，就同意了。你放心这种人不会有好下场的，我敢说不出三个月，他肯定会被人甩的！我顺便再帮你诅咒他未来的儿子，还是考不上清华！

我说：咳咳……好啦，下次有好的再给我留着，不是我的我不要。

她说：好。皮儿，有你这句话我就放心了，姐给你准备的备胎海了去了。

但事后想想，就这么结束，总有一种被甩的感觉。

明明不是我的错好吗？明明是脑门哥太极品了好吗！凭什么要我主动啊！女人现在就一定要主动吗？！主动才有肉吃吗……

我的自我纠结自我否定属性又爆发了，在郁闷到极致的时候，我又开始破口大骂：陈皮，活该你找不到男人！活该你单身！不知道现在都流行女的要主动？！你被动地等人追得等到猴年马月啊！你就当老剩女吧！有条件的男人谁追你？没条件的男人你会要？！醒醒吧，别做梦了，主动找男人去吧，现在的男人全是大爷，等着你去追呢，向那个学姐学学去……

骂完之后，又全忘到脑后了。

自我修复完毕，重新出发……

05　错过，就是不能再重新来过

1.

都说摩羯座是工作狂，但我明显是个例外。

自从知道太后白即将归位之后，我迅速地请了年假，告别那混乱的工作。

古典音乐圈，我曾经觉得是很高级很文艺很干净的圈子，终究还是自己太天真了。坚持了几年的工作，突然觉得没有再坚持下去的意义。

茫然失措中，本来是想直接辞职的，但我欠着刘不二好几万块钱呢，虽然是借给林苹果的，他什么时候还我都没谱，所以我得再坚持三四个月，先把钱还清再说。

这次请假，纯粹是因为肥总的淘宝店生意越来越火，她要去广州几个服装厂子实地考察，一副领导范儿，顺便带着我去扮演她的秘书，谁让我穷、我没存款呢，只有跟在她后面给她拎行李的命。

可就算我请的是年假，太后白怎么可能这么容易放过我。

我才刚下飞机，还没来得及取行李，太后白一个电话打来："皮，拿着你的身份证去广州机场，我让人给你订了直飞成都的机票，那边有个音乐夏令营，缺人手，速速归位。"

归位你个头啊！！！

我要休年假！！！

咆哮的话还没说出口，太后白又抛来一句："不想我再替你背黑锅，你最好乖乖听话。"

有些人情，果然是不能欠下的。一旦欠下，便要没完没了地还。

如果不是因为这样，我完全可以大嚷一声：小爷不干了，你爱找谁找谁！

可是，没有如果，所以，我只能认命地拎着行李，在肥总一脸同情又奸笑的表情下，走向出票口，领票，然后准备登机。

"再见，不送，我会替你多吃点儿的……"

走出了好远，还能听到她在后面的狂叫声。

我恨！

到了成都的活动现场，我才明白，太后白为什么说那句"别再让我替你背黑锅"，那个年轻的小提琴冠军公开承认的那位，是这次夏令营的领队，作为音乐学院在职的老师，想来也承受了不少压力吧。

我深深地叹了口气，然后上前去打了声招呼，递上了名片，准备接下来几天，就当是跟团旅行了，无非就是拍拍照片，然后回去写篇小学生游记一样的官方活动稿而已，我再也不想追求什么创新了，在这个社会上生存，真的不能拥有自己的个性，就做个随大流的人，安全又安稳。

这一刻，我终于变成了我最讨厌的那一类人。

这种感觉真心讨厌啊！

因为是一个人来成都，因为是出差，又因为酒店房间里有电脑，所以晚上我毫无悬念地宅在了酒店。我的生活就是太无聊太无趣了，往往这种时候，我都无比想念张哈尼，有他在，我永远不用操心今天去做什么，一会儿要吃什么。

记得某个小长假突然心血来潮，背起书包就和他定了去珠海的机票。飞机上他做着补水面膜抱怨："为什么非要去珠海呢？为什么不是去我们香港呢？"

"因为我来不及办港澳通行证！因为刘不二说珠海好吃的超多的！"我一副理直气壮。

"刘不二这个伪小资，她死抠的性子舍得吃高级货么？"张哈尼不屑地说道。

"人家最近又买了一套LOFT。"

"什么？闹福特？有滑梯那种么？"张哈尼继续痛快地吐槽。

"刘不二那天问我，张哈尼是不是收藏的万斯鞋，也够买一个厕所的了。"

"你告诉她，我不单要花光买厕所的钱买鞋子，我还要花光买别墅的钱吃遍宇宙。"

"真心帅啊……我真心申请全程陪同。那个啥你再多说几句呗，我要录个音。"我一副东厂太监等着抓把柄的奸猾嘴脸。

张哈尼却瞬间装睡，进入无声飞行模式。

"女士，请问这是你本人的身份证么？"某五星快捷酒店前台姑娘一脸狐疑地问我。

"是我本人啊！"不就是刚瘦了三十几斤么？有这么明显么？

张哈尼偷偷地瞟了一眼我的身份证，"噗嗤"一声笑开了。

"不许评论！不接受评论！"我开始凶他。

"皮儿，你是不是以前整过容……最后，失败了！"

"滚！"

前台姑娘憋着爆笑，满脸通红把身份证还给我们。

本着能省还是要省的原则，我们订了两张单人床的标准间，开放式的小阳台，远远地能望到一片浅色的海、不长椰子的椰树林……

"真美呀……"我光着脚丫子，趴在阳台上吹着清爽的小海风，甚是享受。

"张哈尼，一会儿我们去下面的椰子林，看看有没有椰子吃。"

"那些真不是椰子树，人家叫棕榈树，并且终身不孕不育不长椰子，Do you understand？吃货！"

呃……作为吃货的一个小愿望幻灭了。

"这儿地上为什么会有根儿头发？"张哈尼不和谐之音又响
起了，"为什么没给我们新的马桶套？我忘带酒精棉了，你带了
么？怎么办？我没办法上厕所了。"

"我饿了。"我答非所问地回答。

"你……"张哈尼一脸恨铁不成钢啊，但很快调整状态，翻
出电脑噼里啪啦查上了，IT男灵魂又上身了，"给你三个选择，
第一，直接去珠海最好的广式茶楼吃正宗广式小吃；第二，去拱
北地下商场，边逛边吃，那里很多口碑不错的馆子，看中哪家吃
哪家；第三，可能有点远，但也可能是最美味的，去吃号称'女
士美容院，男士加油站'的猪肚鸡，啧啧，真黄色这是哪个脑残
写的宣传语啊。你到底想吃哪个？"

"请问可以都吃么？"

"请问你真想变成猪么？"

"啊，完全选择障碍啊，怎么办？"我最怕做选择题，尤其在
这种小事儿上，所以在家里肥总做什么我吃什么，好吧，这是我无
权利挑；跟刘不二出去也永远是她来定吃什么、在哪里吃，好吧，
因为我完全没有刘不二的强势。可跟张哈尼在一起，虽说他总是把
主动权交给我让我做选择题，但是我真的已经选择障碍了。

"快点儿，都给你列出三个方案了，赶紧选一个。我一会儿

还要冲个澡换套衣服呢。"张哈尼有点不耐烦。

"要不，您先洗澡，容小的再想想？我也想先换身衣服呢。"

"好吧。你换完衣服，别忘记再好好化个妆。"张哈尼一脸嫌弃地滚去洗澡了。

我趁机先换了身短衣短裤，珠海虽然不比帝都的桑拿天，但是整体温度还是很恐怖的。

十五分钟后，冲好战斗澡的张哈尼，带着一身混着清爽沐浴露和CK FREE男士淡香的味道，就出来了。

"你就这身出去么？"张哈尼对我上上下下进行扫射，审美强迫症又犯了。

不得不说张哈尼又把自己收拾得光彩照人，简简单单写着黑色ZOO的白T恤，复古的GAP皮带恰到好处地露出一小节，下面是黑色六分裤，脚上蹬着最新款的黑白万斯帆布鞋，左腕上戴着天梭价格不菲的新品运动腕表，右手还带着串去年我送的极品冰种黑曜石。把他直接空投到巴黎时装周现场，也绝对不会给国人丢脸。

"我只带了两身儿衣服，都是短裤和T恤。裙子嫌麻烦没拿，太阳镜也忘带了。"

"真愁人……"张哈尼一边往自己脸上猛抹防晒霜，一边找自己的大墨镜，"走吧，咱吃完饭逛街的时候再给你制办一身儿。"

我松了口气，还真怕他又来"请跟我保持十米以上距离"

那套。

"对了，去哪儿吃呢？"

心虚中……看着张哈尼微怒，我忙说："去吃猪肚鸡好啦，听着很营养。"

"大中午的，你还真不嫌热呢。"

"那要不去那个广式茶楼好了，点一桌小吃我们慢慢吃，各种虾饺啊、肠粉什么的都是我的爱啊。"

"没意思，在北京不是经常吃金鼎轩么？这个真不适合放入首选。"张哈尼又撇嘴。

"让我选，选了你又不同意！你这是闹哪样啊！"我彻底罢工。

"……我看咱还是去拱北地下吧，有吃有逛的……我查了那有正宗台湾奶茶店特好喝……还有很多外贸服装店呢……走吧。"

"哦。"终于松了口气，张哈尼公主最终再次证明，做决定的只能是他自己。

喝着正宗台湾珍珠奶茶店——COME BUY的招牌奶茶，在张哈尼的建议下，买了件撞色系吊带长裙加大遮阳帽，坐在拱北有名的小饭馆——齿留香，心情好得不能再好。

"怎样，听我的就是没错吧？"

"切，早你怎么不说来这，非要我自己选。"

"想考考你的智商，谁知道每次你都没长进呢。"张哈尼一边训我一边点菜，"菠萝饭请少放咖喱，对了，咖喱最好用泰国的，印度的我们吃不惯，这个招牌叉烧煲仔饭也来一份，让厨师少加油，如果要加尽量出锅后放西班牙的橄榄油……嗯豉汁排骨要嫩一些的……烧鹅来半份配的酱料甜味和咸味的各要一份……"

看着眼前的张哈尼，我有种时空混乱感，这分明是刘不二啊！都是折磨死服务员不偿命的主儿。

"我们吃完去哪儿玩？"

"吃完打车去湾仔，再少吃点海鲜吧，我过敏体质主要陪你吃。"

"我不爱海鲜啊，我只爱肉。"

"陈皮你高雅点好么？来海边不吃海鲜！"张哈尼一副恨铁不成钢的样子。

"好吧……"我夹起一大块烧鹅伴着菠萝饭，仿佛尝到了天堂的味道，"明天，明天怎么安排？"

张哈尼斯文地吃着鱼，轻擦嘴角道："明天早起去情侣路看日出，然后去吉之岛购物，我得买双凉鞋……下午我们去海泉湾泡温泉……后天可以去吃你憧憬的猪肚鸡什么的，下午来顿烧烤吧……听说这边的烧烤很有特色的……晚上去机场前再买点儿特产澳门手信、台湾手信，不买些礼物，刘不二估计又要叨叨你了……"

"真美好……话说，你真的是第一次来珠海么？不会瞒着我以前跟小情人来过吧，你对这里也太门儿清了。"

　　"你信不信我直接把你扔这儿！以你的智商酒店名字早忘了吧。"

　　"呃……"被张哈尼一语道破，确实我从来不记得房间号、酒店名之类的东西，我出来玩从来是只记得买特产的脑回路。

　　谁让我在家有肥总，平日有刘不二，出门有张哈尼呢……

　　算了，不能再想张哈尼了。反正这次他也不会空降到成都。

　　我还是继续无聊地刷刷婚恋网吧，新一轮的首页推荐上，我的照片依然在明晃晃地挂着。信箱里收到的信，依然能淹死人，奇葩依然那么多，可真是够无聊啊，果断关闭。

　　于是，转战微博。

　　看到小医生发来的新私信，心情一阵烦躁。截止到现在，我和他的微博私信数已经超过两千。我以为自己可以扮演小娇羞的，但我真的腻歪了！我算看透了，作为女汉子注定就应该狂傲一世孤独一生的！小娇羞是个什么东西，滚一边儿去！

　　于是，就有了以下的事件。

　　场景一：

　　跟小医生聊天，莫名其妙地聊到了家里厨房的灯管坏了一个月了没人修。我是因为懒，所以才容忍它坏了这么久。

小医生说：等我去北京的时候，给你修。这个工作就是男生来干的。

我知道这种时候是应该扮演小娇羞的，如果是小娇羞，一定是低头捂嘴轻笑，说句谢谢啊有机会一定啊什么的。但我真腻歪啊！你谁啊你，我们认识吗？用得着你来修吗？于是，我直接回了句：不用，我已经买了三个台灯，厨房各个方位都摆了一个，各种灯火通明。

场景二：

说到最近实在无聊，生活毫无乐趣。一成不变日复一日，想要改变，所以准备从旅行开始。

小医生说：等天气暖和点，明年开春，我们一起去。

我翻了个白眼，懒得装小娇羞了，你以为你是张哈尼还是刘不二？所以直接说了句：你是谁啊你，谁要跟你一起去啊？我们之间有什么关系吗？已经到了可以一起旅行的地步了？

小医生：什么都不是的时候当然不能一起去啊，我是说等时机成熟的时候啊。

我：真废话，最讨厌假设命题。

小医生：好吧，了解了。那等是了再说吧，不是就不说了。

场景三：

聊天学开车啊，买车啊的时候，我说我曾经的梦想是有一辆二手小奥拓，后来因为身材日渐肥硕，现在想要买一辆大点儿的车。

小医生：那现在存够买车的钱了吗？

我：没有。

小医生：我也是，一直想要一辆吉普。我们一起努力吧。你赶紧先把驾照考下来。

努力个啥呀，谁要跟你一起努力啊！我想什么时候考驾照就什么时候考，关你什么事！老娘今天就是不爽了，看谁都不爽了，你活该撞枪口上！

以至于，今天晚上的对话，都是我在各种发泄。最后，我自己都觉得自己神经病太重了，松口来了一句：我果然吃炸弹了。

小医生说：是的，从一开始我就看出来了。

我：……太聪明了吧也？

小医生：我本来就不傻啊。

我：……

小医生：其实最近我的心情也不太好，不过，你是因为什么啊？

我：别理我！再说下去我就没好话了。

小医生：如果没猜错的话，你在大姨妈吧？

我：你才大姨妈呢！闭嘴！

……

像我这种女汉子，说过的话，泼出去的水，从来就没放到过心上。结果没想到，小医生失眠了，凌晨两点的时候给我发了条短信："说实话，本来今天听你说那些话，心里是有一点不舒服的。但是，就在刚才，我突然想明白了，原来是这么回事，嗯，我果然还是挺聪明的，虽然之前确实是有点傻，其实真是无心的，你就当我是傻瓜好了，嗯，大傻瓜。你今天心情不好，就早点睡吧，一觉睡到大天亮，早晨起床心情一定会有变化的。"

您想明白什么了？什么这么回事？

老娘都闹不清楚，您清楚了？

大半夜的发短信，还说让早睡！！

好吧，最后，我果断无视了。

假装没看到，假装早就已经睡着。

2.

无聊的出差之旅终于结束了，我怕自己这种无聊负能量传染给肥总，所以没有去广州找她，而是直接回了帝都。

只是，没想到，会在家门口，看到林苹果。神情憔悴，胡子拉碴。

"您今儿在演什么角色？"显然我已经默默习惯了林苹果突

然离开，又突然出现的做派。我放下行李，边开门边问他。

"离婚男青年。"他低着头，声音沙哑地回复。

正在转动钥匙的手，停顿了一瞬间。

应该没听错吧，他说他离婚了？

当初我问他为什么结婚，他不说。这次，我问他为什么离婚，他也不肯说。我只能理解为借钱原来就是打发媳妇儿去了。一切回到原点，回到最初相识的时候。

他说："你肯定特瞧不起我吧。"

我说："还成。"

他说："其实……"

"其实我喜欢你"，我猜他应该要说这个，就像十年前我们刚认识的时候，所有人都说他喜欢我，但他就是从来没有说出口。

就连刚认识两个月的小医生，都对我说了好几次"我喜欢你"。

就连认识三年的张哈尼，也会时不时地跟我说句"我最喜欢你"。

其实哪怕只是开玩笑，我也会非常开心。我俩共同的朋友和同学，总是说：林苹果除了穷，真的没有别的缺点，对你又好，他就是自卑地觉得配不上你，只能选择旁观你的幸福。

哎哟，您当这是演电视剧呢吗？

如果按电视剧的剧本走向，他应该选择功成名就有钱有权的时候再离婚，然后回头找我，告诉我当年他多么喜欢我，我们已经错过了这么多年，现在好好珍惜彼此吧……

事实证明，我想多了，林苹果那货只是说了一句："其实我想说，这两个月我可能还不上你钱了。而且今天是来蹭饭的，明天才发工资，今天没饭吃。"

后来不知道该怎么打发林苹果，那货的脸皮练就得比长城的城墙还厚，所以，只能由着他挤进了我家。

可我关门没多久，门铃声就响了起来。

张哈尼这又是闹哪样，跟林苹果扮演亲兄弟么？为什么也是神情憔悴，身上也没香水味了，隐约还有烟草味，也是胡子拉碴？！今天到底是什么日子啊，我没通知任何人我是今天回来啊，怎么齐刷刷地全来了？

我无奈地扶额，今天家里，注定不会平静了。

因为，自从张哈尼和林苹果两个人目光相遇之后，双方就立刻一扫之前的颓废，容光焕发地斗起嘴来。我从来不知道，他俩嘴里损人的词儿，竟然那么多还都不带重样的。

"这是又来吃软饭的兄台么？"张哈尼不阴不阳地问。

"正是在下，阁下就是传说中温柔如女的张兄吧。"林苹果也毫不示弱。

"您这次想来不是还钱的吧，请问尊夫人可好？"张哈尼你要损人就损人，提什么钱啊！好像我跟你关系多近一样，连他借钱的事儿都跟你说。

"我打算今日再跟范爷借两百，我夫人不劳您惦记。"好吧，我忽略了林苹果的厚脸皮，他完全没有在意。

"哟，两百太少了，以您的身份，要借只能借二百五啊。"我说张哈尼，你是故意的吧，二百五的份子钱是多久以前的事儿了，你还记着。这下林苹果知道我连这种事都跟你说，你让我以后怎么办？！

"哦，有劳兄台提醒了。兄台今日来肯定是经期不顺找范爷借药的吧。"林苹果聪明地转移了话题，没有在钱上继续纠结，我也终于松了口气。但今天这事儿，真让我忍无可忍啊！你们两只把我这当什么了？当着我的面，揭我的短呢这是！

"还真是，本来是想吃药，可见了兄台，只觉得再多的药也治愈不了遭遇极品的心啊，陈皮！上次给你的蟑螂药呢？这么大一只极品害虫在这，你也不着急呢……"

"你们统统都给我闭嘴，张哈尼，你给我出去。"我真是受够了。

"为什么是我？"跟林苹果正斗在兴头上，眼看就要胜利的张哈尼，一脸不可置信地看着我问道。

"因为他现在无家可归，而你，在无理取闹。"算我心狠吧，谁让你张哈尼在帝都有家人有朋友，在二环上还住着高级公寓，连装鞋子的屋子都比我家客厅大呢。

"陈皮……"张哈尼孤注一掷地看着我。

我知道，他肯定又要骂我混蛋了。可我今天真的太累，实在无法同时应付他们两个，也不想再给他这机会，用足了劲，把他推出了门外，故意忽略他那双愤怒、受伤的眼睛。

　　"陈皮，这就是你的选择？"听到门外张哈尼的声音微颤，我知道我的心已经开始后悔。我自己也搞不懂，为什么突然在这一刻，觉得无法再面对张哈尼了。

　　林苹果一脸担心地看着我，嘴角动了动，怕是想要给我点安慰吧，但最终还是什么也没说。看着他，真有种恍如隔世的感觉。

　　门里，是林苹果。

　　门外，是张哈尼。

　　一个是做了三年同桌又做了几年同事一起在帝都奋斗了十年的好哥们，一个是给我最多感动和最多照顾的男闺蜜；一个是结婚三年又刚刚离婚的男人，一个是在我身边打转三年但不喜欢女人的男人。

　　可这两个，都是曾经让我心动过的男人啊！

　　哪怕只是一瞬间，但我确实心动过。

　　现在，非要闹得现在这样吗？

　　知道林苹果结婚后，我已经果断放弃有妇之夫了，知道张哈尼喜欢男人，我也让自己迅速止步，停在朋友那条界线了。

　　我宁愿一直是留着丑丑的发尾，套着松松的运动裤，顶着黑眼圈大眼袋，自己拎东西女汉子一样的存在，也不要又烫又染，穿个铅笔裤，画着眼线，戴着美瞳，整天和这个暧昧和那个纠结。感情这玩意儿，我不想玩，也玩不起。

是哥们儿就只能是哥们儿。

是闺蜜就永远是闺蜜。

在我的世界里，有一条线，清清楚楚，明明白白。

张哈尼走了。

在他的思维里，我不回答，就表示了默认。

我想，这次他是真的生气了吧。

谁说女人之间的友谊很脆弱，男女之间的友谊也很脆弱的好么？张哈尼也许以后再也不会理我了吧。

林苹果本来要去厨房去做一些吃的的，被我给制止了，我不想跟他在这么安静的家里，无言相对地吃着一顿饭。所以，尽管我没心情，也还是带他去了离家不远的港式餐厅，解决一下午饭问题。

我都不知道，顾嘎嘎是什么时候坐到我们这一桌的。等我发现她的时候，她正在跟林苹果热聊着以前在外企工作时的趣事。

"什么？你离婚了？"从工作终于聊到了家庭。我就知道，顾嘎嘎对林苹果，绝对不单纯，不然，干吗一直针对我。

所以说，有时候自以为是太可怕了。自从顾嘎嘎知道林苹果离婚之后，对我开始各种和颜悦色的。还主动挽起我的胳膊，经常亲密地说：

"皮皮啊，亲爱的，我们一起去做美容吧！"

"皮皮啊，亲爱的，我们一起去看3D《泰坦尼克号》吧！"

"皮皮啊，亲爱的，我们一起跟太后白请假去喝咖啡聊天吧！"

………

诸如此类，各种腻歪。

但是，我特想说谁是你亲爱的！

我们熟吗？熟吗？熟吗？！！

3.

不要问我后来张哈尼怎么样了，这很粗鲁很伤感情。

不要问我有没有新的相亲对象，这很粗鲁很伤感情。

不要问我下次约会神马时候，这很粗鲁很伤感情。

但是，更粗鲁更伤感情的是，刘不二，竟然抛弃了我，退出了单身队伍。这么说好像不太对，我一直知道她有个男同学，在魔都某外贸公司做主管，高大威猛帅气型，集美貌与智慧于一身，总之被她说得很完美。我也相信很完美，不然她也不可能看得上啊。

之前她一直不太承认，天天以单身女青年自居，只是这次，她终于跟她的男同学确定了关系。只是这一确定，立马开始装文艺青年，在七夕的时候还诗兴大发，写了一篇酸得我牙疼的文。我本来不想放上来骗感情的，但是，谁让她总是陷害我，我总得从她身上拔点毛不是！

七夕，印象中从未正经过过这个节日，不论是曾经的独身还是热恋……

中国最能守寡的女性代表，显然不如国外被拆散的情侣更被我们关注。一个姑娘今天跟我说，织女真可怜，还不如离婚呢。我挂在微博上，引来很多人的口诛笔伐……

今年的七夕，我终于告别单身啦，空气里也有了些许的甜蜜，心里暖暖的，自嘲一下，原来老女人的心还是会骚动的。

可惜我的他，现在还不在北京。

可惜他的我，现在还不能陪伴。

常常想，历尽千帆之后，是否还会有真爱的感觉？

童年的我曾经偷偷地暗恋过他，明目张胆地跟他天天打架。多年之后，我曾私藏淡淡的祝福，刻意疏远旧时懵懂的情怀……

昔日并非青梅竹马的怀恋，如今蜕变得简单而陌生，蓦然回首，灯火已阑珊，谁是你终究愿意永远等待的那个人？

酸，真酸。

虽然我真的是各种羡慕嫉妒恨，但却是满心祝福。从来都是黄段子、损语录一套一套的刘不二，如今竟然也能成为酸腐的文艺女青年，爱情的力量，真是大。

我在想，如果有一天，我也恋爱了，会变异成什么物种？

我给刘不二打了个电话，问她什么时候结婚。

我真的只是随口一问，结果却听到她说："半个月后在帝都办酒席，正要打电话让你给我当伴娘，好好减半个月肥。别给我丢人。"

刘不二！

要不要这么闪婚啊！

才刚刚确立关系而已啊！

这事很伤感啊好不好！

对方到底是什么人物，这么迅速！

"陈皮，婚礼上，会有很多我老公的前领导啊、现领导啊、同事啊、同学啊、好哥们啊，大把的优质男随你挑哦！"

一听这话，我两眼开始放光，立刻打开淘宝，开始淘那天当伴娘的礼服，准备找件贵的，让刘不二大出血。

"我说，好多人闪婚都闪到了腰子，你确定你这样没问题？"虽然刚让刘不二代付昂贵的伴娘礼服，但是身为闺蜜该说的我还是绝对不能省。

"跟你说两件事吧。"电话那边的刘不二语调淡定自若。

"哦，洗耳恭听。"

他和我早在二十年前就认识了。

我们是小学一年级到五年级的同班同学同桌，其实所谓的青梅竹马，不如说是我一直以来毫无征兆的暗恋。

小学时段，他一直是班长，被所有老师捧在手心里的宝；我那时只是默默无名的小胖妹，学习不够出众，除了会画画，一身婴儿肥，少有人关注。

他那时很调皮，经常把女生气哭，全班女生除了我之外，都被他气哭过。

我们同桌的日子，除了没事划个三八线，他抄我作业，借了橡皮不还，一起偷看《机器猫》，最多的回忆就是，他那句"我究竟什么时候才能把你气哭呢"，和我的那句回答"永远没那天"。

可就是这么别扭的一对儿，四年级的某天跟同班的发小一起写作业，她说等长大了想嫁给她同桌，问我想嫁给谁，我竟然不假思索地说，我也想嫁给我同桌。自己说完都很惊讶，我真的想嫁给天天欺负我，想让我哭的混账班长么？我连"结婚"是什么意思都不怎么明白，脑中的回答却依然那样清晰。

嗯，还是想嫁给他，嫁给他之后天天欺负他，天天报复他！（好吧，你仇报得也太舍得下本了吧。）还是想能天天在一起。

那时候的喜欢真的很简单，那时候的童年根本不懂暗恋。小学后面的日子里，我依然和他天天吵嘴。他学生时代唯一的缺课记录，是因为我重感冒坚持上课被我传染到住院；他的字一直练不好，因为每次老师都拿我的作对比，让他无比挫败；每次家长会后我都会被妈妈训，谁让他每次都考第一名……

后来，我们上了不同的初中、高中、大学……

彼此再也没有过交集，我也像根本忘记当年想嫁给他的豪言壮语，毕业之后来到帝都，加入北漂一族。

直到某天，初中同学毛毛在QQ上发了个校内网的链接过来，让我一定注册一个玩玩，说上面都是很多很久不见的老同学。

选好头像，写好简介，在上面加了一些以前关系还好的老同学，在别人的主页上逛着逛着，居然看到了他的名字，在他的主页还看到了他女友的照片，心被莫名刺了一下，关掉……又打开，就要加他，我们是五年的同桌，我又不暗恋他，我心虚个什么劲儿呢。哼，我已经不是当年的我！哼，我对别人的男人更是毫无兴趣！

之后的两三年，我保持一年两三次的频率光顾校内网，忘记什么时候他也加了我，忘记什么时候我们谁先跟对方打了招呼，忘记什么时候看见他为女友做烛光晚餐，忘记什么时候我给自己煮了方便面，忘记什么时候他删掉了关于女友的一切，忘记什么时候我开始喜欢一个人的生活……忘记什么时候我们交换了MSN，忘记因为要讨论什么我们交换了电话……我们很少聊天，偶尔客套寒暄，偶尔交流些所谓的学术问题……

这种状态持续到去年春节的一个夜晚，我正跟老妈看怀旧经典《断背山》，突然接到他的电话，老妈在身边，我竟有点儿害羞，跑到卧室接起，他说回来过年了，想见快二十年没见的老同桌。我让他在火车站等，十分钟后见。

好吧，虽然单身状态好几年，一直号称情场腹黑御姐的我还是彻底不淡定了。老妈看我慌手慌脚地化着妆，衣服一件件地换，问："这么晚了去哪儿？"

"张晓野回来了，说叙叙旧，好多年没见了。"换了一圈衣服，最后还是套上最初的欧版休闲长T恤、紧身牛仔裤、长款雪地靴，外搭个军绿大衣和过渡粉色的大长羊绒围巾。

"张晓野啊……听说前几年他家搬去哈尔滨了……怪想这孩子的……你快去吧，顺便问问人家有没有女朋友。"老妈一听到张晓野的名字分外热情，恨不得直接问我能不能把他列为相亲对象。这也难怪，小学五年时光，每次开家长会，他作为班长都要协助老师接待众多家长，老妈跟所有家长一样，都被他在家长面前又乖又礼貌学习又好的光环给晃成了老花眼。

"我等你回来啊……"关上门，彻底把老妈的期许也关上了，为啥这句听起来，分明是"我等你胜利的消息啊"？

从我住的铁道家属楼走到车站不到三分钟，当看到人潮涌动的站前广场，我彻底晕了，刚才就想着自己省事儿了，现在正是春节高峰期，还大黑的天，这可怎么找……更主要的是，二十来年没见了，他发育成什么样了？校内网上只有一张棱角分明的瘦脸，也不知道是不是P的，小学毕业的时候我记得他比我矮一头吧？

正胡思乱想着，突然肩头被轻拍了一下，一句"嗨，老同桌"应声响起。

一扭头，一股熟悉的感觉袭来，虽然现在的他和小学相差甚远，棱角分明的脸代替了小时候的胖圆脸，眼睛还是跟小学时一样大大、亮亮的，不同的是如今戴了副斯文的眼镜……好吧，最大的不同是，以前我总是俯视他，此时此刻要仰视比我高半头的这张笑脸了。

嗯，真是比小时候好看了，小正太竟然也发育成型男了，我趁着夜色正犯花痴，身边的人群嘈杂，只听张晓野说："老同桌，这么多年没见了，拥抱一下吧。"

"啊？啊！"还没等我反应过来已经被拥入他结实的怀中，由于太超出想象，我瞬间紧张得僵硬不比，估计当时他也怀疑自己抱的其实是个男人。不妙，真的不妙，我分析着当前的局势，却发现大脑根本无法正常思考。

这个开始也许不是那么美妙，但是所有成功爱情的开始几乎都是不完美的。

我只知道在这一刻，儿时的誓言穿越时空，走过千山万水与人海，终于回来了。

由于去年春节的见面，我和张晓野终于从偶尔MSN寒暄模式，进入暧昧角逐模式。虽然他在上海发展得顺风顺水，但是心底里他并不喜欢魔都；而我虽然对帝都百般挑剔，但也知道自己不愿离开。

"如果，我们即将开始的是一段真诚的、认真的关系，我希望我能在帝都等到你。"

"如果我告诉你，我已经定了十天后到北京的票，你会开心么？"

"如果我告诉你，为了迎接崭新的日子，我刚刚剪了短发，你会惊讶么？"

"我很喜欢。"

……

像我这么冰山御姐范儿的人，在地铁上看到手机里的那句"我很喜欢"竟然瞬间泪崩，仿佛儿时一直期待我流泪的张晓野许愿成真了。

张晓野同学来到帝都后的第四天，还没来得及多享受热恋时光，我就许是因为开心过度而病倒了。

"我没事儿……你别忙了……咳咳……"我知道自己此时的脸，肯定烧得像极了《三枪拍案惊奇》里扮年画娃娃的佟掌柜。

"被子盖好，别折腾。"张晓野把我的枕头又调整了下，正靠着他的大腿，然后又专心用食指和中指，从我的手腕处向臂弯处推拿。

"你这样很累的……我还是吃点退烧药吧。"我有点愧疚。

"不能乱吃退烧药，刚量过你还属于低烧范围，我们还是物理疗法……都交给我，你先睡吧，给你煲了粥，睡醒再吃……"

"哦。"我昏昏沉沉地睡去了，胳膊上凉凉的推拿，真的很舒服。

再醒时，天都黑了。

"几点了？"我问。

"七点多吧。饿了吧，我扶你起来坐一会儿，咱们准备吃饭……呃……我要先去趟卫生间。"

刚开了灯，我看着张晓野步履蹒跚地往外挪步，突然意识到，自己竟然昏睡了整整一下午，而头一直靠着张晓野，他一下午没动过？一直没去过卫生间，一直给我物理退烧？

听刘不二讲完，我沉默了半天说："于是，你被彻底感动了……非嫁不可了。"

"嗯，第一件证明我很爱他，第二件证明他很爱我。彼此相爱，干脆早点办最重要的第三件事——把婚结了，组建幸福家庭给你做个好榜样，好好鞭策你！"即使看不到刘不二现在的表情，我也敢肯定，她现在一脸满是笃定的幸福。

4.

我承认我是被刘不二的幸福给刺激了。

我也想迅速地找到另一半啊，可今年相的这几次亲，没一次靠谱。也不知道是对方极品还是我太极品，我完全不知道自己到底应该找个什么样的男人了，或者说，我这种人，还能找到男人么？

除了现在跟我每天在微博上固定发私信的小医生，就再也没有别的男人了。但就是这样的私信聊天，也渐渐地越来越无聊。我之所以不想再提张哈呢，是因为几天前，他给我打过一个电话。

说真的，看到来电显示是张哈尼的时候，我心情瞬间就好了。可是，电话接通后，却听到他语气沉重，说要跟我吃一顿告别晚餐。

告别？这个词从他嘴里说出来真怪异。

我赴约，那天的他变得异常八婆，就跟交代后事一样，各种语重心长。

"作为女人，千万不能当第三者，尤其是不能跟穷鬼搞在一起，你知道我在说谁。"

"作为女人，别人能把你当汉子，你自己不能。"

"作为女人，可以不温柔，但是一定要矜持。"

"作为女人……"

他真的快吓死我了，不会是被哪个大叔给甩了，准备轻生呢吧？其实我今天来是想道歉的，想说那天我错了，我不该把他拒之门外，不该那样对他。可他一直没给我机会说话啊，自己没完没了地交代后事。他到底想干吗啊！

"再不告诉我真相，我就走了。"情急之下，只能出杀手锏了，假装生气什么的一向最有效。

"知道那天我为什么找你么？"他终于从自己的情绪中走了

出来，抬起来头来正常说话了。

"不知道……"想想那天自己就有点过分，本想趁这机会道歉，可话到嘴边，又憋了回去。

"我可能喜欢上了我的老总……"张哈尼一脸的不敢确定，话里也充满了质疑。

"然后呢？"我心一沉。

"也许他也喜欢我。"

"继续。"

"陈皮，你就从来没想过我24岁就能成为部门一哥，在会议组呼风唤雨的原因么？"

"你……被潜规则了。"突然，脑中闪现出身上被拍满马赛克的张哈尼，起了一身鸡皮疙瘩。

"还没有。"张哈尼继续幽幽地说，"他一直对我非常照顾，把他手里的资源都交给了我，从我刚进部门，一步一步提拔我……他太太是部长千金……他们一直没有孩子……"

等等，我好像错听了什么重要信息。

"那天，我去你家之前，他找我谈了很久，把他在长安一号的公寓钥匙给我了……"

"那可是豪宅啊，我一直很好奇，里面是不是住了很多明星。"我忍不住八卦。

张哈尼翻了白眼，从抽屉里翻出一把怎么看都透着潘多拉气质的钥匙："陈皮，你说我该怎么办？"

我舔了舔嘴唇说："我帮你叫个顺丰吧，把钥匙还给他。大不了咱们辞职，就凭你难道找不到另一份像样的工作……"

"他说，下月会宣布我成为部门负责人……"

"你真的想当bitch么？"

张哈尼哑然。

"告诉你张哈尼，别说是你们那儿的部门负责人，就是他把老总的位置给你，这一切都不值得你那样做。即使你有那么一点儿喜欢他……如果他真的喜欢你，就不会让你这么为难，也不会拿这些狗屁利益来控制你！你是张哈尼啊，你的感情、你的青春，他根本就不配拥有！"我也不知道自己对职场爱情，什么时候有了这么高尚的认识，但我知道，我绝对不允许张哈尼出事，绝对绝对不允许自己再一次放弃他。

"你这么激动干什么？"张哈尼一脸不解地看着我。

"我只是在拯救失足青少年……"

那一晚上，我没敢回家，一直陪着他。

帮他一字一句敲好辞职信，陪他把钥匙快递出去，陪他一起写简历投猎头网，告诉他即使他真的失业，我也会养他，就像以前他照顾我一样照顾他。

第二天一早我被砸门声吵醒，穿着张哈尼的睡衣去开门，只见一个浓眉大眼的寸头小伙傻愣愣地看着打量着我，然后愣愣地扔下一句"看来还有救"，就迅速地转身离开了。

我还没搞清楚原因，身后的张哈尼就一声惨叫："大申……"

伴随着他的回声，我心里渐渐还原了一个真相，也许昨晚，张哈尼不仅仅是想跟我说那个老总，还想跟我说最近的新欢大申，只是后来他忘记如何去说，也许是我说了太多的话，让他不知道如何去说。大申的那句话，也许是对我昨晚业绩的总结，他的转身离开，也许是对我被小三命运的无言宣判，天啊！我怎么这么冤！

后来我沉下心来想了想，那天晚上，张哈尼应该是要跟我绝交，从此不再往来。亏我还那么真心地帮他干这干那的，还不放心地陪了他一晚。真他妈的良心喂狗了。

现在，连张哈尼这种GAY蜜都跟我绝交了，我和男人之间，算是彻底绝缘了吧。不甘心啊！

"我到底应该找一个什么样的男人啊！"

我在微信群组里，敲下这么一行字，发了出去。之所以选择群发，是因为，心底，很深很深的心底，希望张哈尼能看到。我也不知道为什么，就是想听到他跟我说句话。尽管他可能真的跟我绝交了，尽管我一直暗示自己，也许那天只是一场玩笑，我期待那是一场玩笑。

你需要的是那种有心胸的男人，小心眼的即使再好也过不到一起。年纪稍微大点，成熟点，比较聪明的，心里有数但是从来不多嘴的，尤其是了解你，懂你，绝对不能带你吃不好吃的东西，不能抢你吃的的男人。

最重要的，我再重复一遍，必须得找个非常非常有心胸的男人。其实，我这个已婚少妇有一句一点都不励志的真相：妹子越豁达越难找到好男人，凑合找个小气鬼，真不如自己一个人过得开心！

我没想到第一个回复我的，竟然是太后白。分了两段传过来的语音，话痨型的领导果然伤不起。作为一个四十岁的女人，果然睡眠越来越少，现在还在熬夜玩微信，不会是背着老公找什么艳遇吧？好吧，我阴暗了。

"所以，您的意思是，我要么变小气，要么就孤单一人？"

"嗯，变聪明了嘛。"

"有您这么当领导的么？身边好男人一大堆，从来没见您想过我，好歹介绍一富二代，也比我到处相亲碰极品强吧！"

"俗话说经济基础决定上层建筑，俗话又说门要当户要对。你要真想嫁富二代，先努力让自己变成富一代。就你现在这样，见到普通男人都自卑，要真一条件样样牛B的富二代站你面前，你不得钻地缝里去？！"

"您这月专栏稿子赶紧交！"

"别转移话题！"

"卑职帮您去网上买盒越南咖啡去……"

你要找的男人，确定一定以及肯定必须先爱你，先追你，先疼你……总之一定要对你够主动。不用太聪明，但是一定要是聪明的，因为你是十二星座中最讨厌笨人的星座。所以，那种示弱、装傻的直接会被你鄙视。

年纪可以不比你大，但是心智一定要成熟。因为你其实期待小鸟依人，从小在家当老大当惯了，多么需要找个大港湾卸掉所有装备，航母变小船啊。

长得不用帅，但看着一定要够正派。理发店小弟的长发柔弱娇羞型，过度花枝招展型一律PASS。千万不能是文艺男或者文科男，文艺气质不会给你们带来共同话题，只会引发内部战争。不能鸡婆、不能小气、不能邋遢。

我坚信，刘不二将来一定会超过太后白的成就，尤其是话语权这方面。太后白是分两段语音回复我，而刘不二，是三段。

"刘不二，你敢说点靠谱的吗？照你这标准，我觉得我可以从此孤独终老了吧！"

"不会。你找男人的标准从来就没多高。"

"刘不二！你直接说我没追求好了！"

"不用我直接，你自己很明白。

"你如果再看你那些《花样美男》、《想你》之类的泡菜剧，不好好想想你到底需要什么，自己要付出怎样的行动，以后陪你终老的，只会是成人用品商店的打折制服男偶了。"

我一口血差点没喷出来。

1、虽然你外表很强势，但内心也是一小女人，应该找个有担当的男人。要有责任心，顾家。

2、必须会做饭，就你做那饭，估计你都不吃。哦不对，你家狗都不吃。

3、最好找个会做家务，乐意做家务的。你懒的时候，他会把家收拾得干干净净。

4、薪资最好和你匹配，或是比你高，绝不能比你低，要不然，他会自卑，你也会有想法。

5、一定要喜欢你，愿意和你生活。要不然，很难继续往下走。

6、要兴趣相投，你们才能有更多的共同语言，不会乏味。

7、孝顺。其实这也是最重要的。必须要孝顺。

8、不要太大男子主义，尽可能地遇事俩人商量。否则，会矛盾不断。

总结：要孝顺。要会做家务、会做饭。能呵护你保护你，让你有安全感。多点共同爱好，比如吃。

　　我都不记得林苹果什么时候在我的微信好友群组里了，直到他又发来这超长的总结。与别人不同，他没有用语音，而是以文字形式传过来的。其实，我并不想他参与我以后的生活，有时候，我觉得我们可能连朋友都做不成了，我知道是自己又钻牛角尖了。

　　"林苹果，你这么了解我，干脆娶我算了。哦不对，你这几条标准都不太符合，第四条和第六条尤其不符，所以我不会嫁给你的，赶紧一边待着去吧。"

　　"谁说的！我第一条绝对符合，第二条你敢说我做饭难吃？你当那厨师证是假的啊！第三条你见过比我更勤快的男人么，每天一尘不染家具油光锃亮！第四条……当我没说。第五条，嗯，我确实不喜欢你那臭德性。第六条，你说你有什么爱好？不就是吃么！我都考了厨师证了还怕你？第七条我认第二没人敢认第一，第八条你个大女人主义，有给我说话的机会吗？！"

　　"林苹果，你激动什么啊！一个已婚妇男没有发言权。"

　　"我没激动，我在陈述事实。再说了，我明明都离婚了。好男人就是我，我就是林苹果。"

　　"滚……"

　　能受得了你所有馋懒油滑坏的极品男人，这世上有么？

反正我想象不出。这世上再也没有人比我更想赶紧把你嫁出去，我好眼不见心不烦，可你就跟砸我手里一样，永远都出不了手，比我在淘宝压得最长库存的货都难搞。等以后，要真有能受得了你的超人出现，我先扇他几个耳光，问他这么多年去哪儿了，让我白白受了这么多的罪！

肥总这货，今天晚上在公司加班，自从打广州回来后，她就越发地忙碌了。而且看来对我怨念实在太深，以至于百忙之中还能抽出时间理我，但是……

"你妹！"

"你妹我在呢，有事快说有P快放，老娘这一堆设计稿要做呢，还有那边旺旺又开始乱叫，你妹的老娘忙死了！"

"你在骂你自己。"

"陈年积压货！"

又被戳中痛点，我果断败下阵来。

此人必须很腹黑，懂得何时进何时退，经常骚扰，有耐心抗战N年，懂得卖萌，也懂得耍贱。同时必须很有生活情调，还得包容，爱阅读，爱美食。

没想到，这个时候应该睡美容觉的顾嘎嘎也回复我了，虽然很简短。但我依然觉得她说的男人根本就不存在。

要说女人的友谊往往来得莫名其妙，那天偶遇之后，顾嘎嘎就把自己当成了我最好的朋友，再也不玩冷面游戏，天天嬉皮笑脸，我怀疑她的灵魂变成了刘不二。

前两天在太后白的办公室里，我因为一个专题没赶出来，正准备迎接太后白的河东狮吼，顾嘎嘎端来一杯咖啡，把太后白的马屁拍得极为舒服，让她忘了要发火这事儿。后来还替我说了几句好话，说我以前在外企，是多么能干多么有责任心，领导是多么喜欢我，同事是多么爱护我……最可气的是，她竟然说我刚失恋，所以心情不好，稿子有些延后情有可原，她会帮我尽快完成的！

你才失恋！

你全家都失恋！

"顾嘎嘎，你捂着良心说，这要求是不是太高了！"

"你捂着良心说你有要求吗？"

"我捂了半天良心，想了想，我也是有要求的。要看着顺眼，简称帅。要有车有房，简称钱。要爱我宠我。于是，我就剩下了，因为这种极品是不存在的。"

"这要求在帝都很难吗？你这点要求，换句话说就是：只要自己工作稳定，有房有车，对你好，长相顺眼就行了。"

"对。就是这意思。"

"正常点的女的，都是这要求。而且像你这么不正常的，我觉得这些要求都是可有可无的。你其实压根就没要求。只要有一个人，脸皮够厚，追你个十年八年的，你肯定早答应了。"

"呃，这年头找个这种男人为什么这么难？"

"因为你错过了。"

"从来没开始过，哪来的错过？"

"错过了曾经一起读书的初恋，错过了每天相互调侃的暧昧，错过了愿意为你辞职的同事，全部在错过错过错过！"

"太经典了这段话。"我无比崇拜顾嘎嘎的排比句，不愧是文字工作者，随随便便出口成章啊。

"这是重点吗？重点不是应该总结教训，以后不错过吗？你是不是想让你妈妈随便给你安排个对象！你是不是想让我天天鄙视你！你是不是想被人说，哎，那个范爷啊，就是不减肥，每天装汉子，所以没男人！！！"

"顾嘎嘎，我好崇拜你，全都好精辟。"

"请自行划重点！"

……

06 也许有一天，
我的世界会不一样

1.

错过。

顾嘎嘎说我错过了曾经一起读书的初恋，错过了每天相互调侃的暧昧，错过了愿意为我辞职的同事。

她说的其实是同一个人，林苹果。

我就不明白了，在顾嘎嘎脑袋里，为什么总是不自觉地，把我跟林苹果想象成天生一对。

而且初恋这么美好的词儿用在林苹果身上，真有点浪费。

更关键的是，我俩从来就没恋爱过啊！

仿佛知道我在想什么，顾嘎嘎刚刚竟然从网上，给我发来一段：

百度百科上说，初恋，是说人的爱情萌发的最初部分。也可以说是人第一次尝到"情"的滋味，不一定是真正的爱情。比如一个人喜欢上另一个人，他不一定要爱她，但是他对她的喜欢，是独一无二不能被别人轻易替代的。初恋的发生和年纪没有关系，无论是少年还是老年都可能有初恋。

看完这后，我就一个反应：不会吧？

这怎么可能啊，初恋怎么会是这样的啊？

我突然想到了当时我问林苹果第一个问题时，他给我写的那洋洋洒洒的一千多字。正常男人真干不出这事儿！又想到了刚刚林苹果给我列出的八条条件，以及他后来激动的反驳，他是喜欢我的对吧？！

"我现在觉得，可能他以前真的是喜欢我的吧。"

"活该。当年全世界都知道林苹果喜欢你，就你以为彼此是哥们。自己玩吧你，老娘要睡美容觉了。"顾嘎嘎没等我说句晚安就挂了电话，真没礼貌。

学生时代的我是什么样子，我想，全班同学对我都不会有好印象的。

因为那个时候的我，比现在更无趣更无聊更无情。开学第一天，莫名其妙被老师点名当班长，于是一种莫名的使命感让自己变得越发严肃，从来都是不苟言笑的，一副少年老成的模样。现在想想，我都讨厌那时候的自己。

而林苹果，恰好相反。

年少时的他，是班里最帅的男生，大家都很喜欢他。

我之所以看他顺眼，是因为当年我追着看《流星花园》，最爱的就是道明寺，而当年的林苹果，长得跟他神似。

平安夜那天，我刚好从家里返校，背回了一大包的苹果，在半路上碰到逛街回来的林苹果，他接过我的包，问我里面是什么，够分量的。

我说："一堆苹果。把我送到宿舍楼下，送一个给你当跑腿儿费。"

一向公私分明的我，当时没有任何想法，他帮我背包，我请他吃苹果，就这么简单。从来没想到，因为一个苹果，他对我的态度在此之后，转变那么大。

以前只是同桌，像我这么严肃的人，不可能在上课时间跟他打闹。但是，自从苹果事件后，他的小动作就多了起来，上课也总是嬉皮笑脸，不停地想跟我说话。当时，我唯一的想法就是：揍他。

事实上，我也确实这么做的。

"范爷，你当自己是小学生吗？幼稚不幼稚？"

"不幼稚。"

"幼稚。"

"不幼稚。"

"幼稚。"

"你再敢说这两个字，我继续揍你！"

……

所以，有一阵子，只要我的拳头扬起来，他都一下子躲得老远。但大多数时候，他是躲不掉的。我俩的友谊，应该是在拳头的见证下成立的。

我记得，班上的好几个女同学，都喜欢林苹果。每天在他桌上，都会有各式各样的礼物，而他，竟然照单全收，我特瞧不起这种男人。尽管他会把收到的食物跟我分享，我依然无法认同他的这种爱情观。

再后来，同学们之间就在流传着林苹果喜欢我的传言。课间的时候，我直接问林苹果："你喜欢我吗？"

林苹果问："哪种喜欢？"

"任何一种。"

"拳头算么？"

"滚。"

这事就这么不了了之了。反正身正不怕影子斜，我不喜欢他就是了。

后来，帝都开始那场很严重的疫情，我们就各自散场了。

因为我是搭朋友的顺风车滚出帝都，所以没有跟任何人道别，没有留下任何联系方式，直接拉着行李就走了。所以说，我骨子里真是个冷血的人，我甚至可以不在乎相处在一起那么久的同学，可以不打任何招呼，可以没心没肺什么都不想。

直到一年后，疫情彻底解除，我才回到学校。有时候缘分这东西就是很狗血的啊，没想到林苹果那天也回到了学校。他说他就是想看看啊，看看能不能遇到老同学。结果还真让他遇到了。

那天的遇见，真的是我这辈子最值得记忆的一个惊喜。

林苹果咧嘴大笑，说："范爷，我真有点想你了。"

我知道自己的眼睛在笑，但依然倔强地说："听不见。"

"耳朵，听得见。"他坚定地说。

"两只耳朵都听不见！"

"把手靠近耳边就能听见！"

"手抬不起来，就是听不见！"

"我替你抬，这样能听见了吧！"他一边说着，真的把手放到我的耳边，那感觉真的好别扭。我后退一步，说："假装听不见……"

"两只手都靠在耳边一定就听得见了。"他向前一步，真的要抬起两只手。

"你是不是又皮痒了，敢再幼稚点吗？！"本想着这种相遇时刻我应该淑女些，但，拳头还是被他逼着扬了起来……

一般用言语无法解决的事情，才会用武力解决。我承认在林苹果把双手抬起，要靠近我的脸的时候，心跳得不是一般的快。彼此都觉得幼稚，却还乐此不疲的游戏，不是情侣间才会有的么？

我和林苹果这算什么？

总之，那次的感觉，我无法用言语解释，所以，为了避免尴尬，就用暴力解决了。

后来，我只记得，他请我去吃大餐，喝了好多酒，他说高兴，问我找工作了没。

我说还没有，刚到北京。

他说来我们公司吧，外企待遇不错，正好在招人。后来顺理成章，就成了同事。结果我去了没多久了，他就离职了。

想到这儿，我突然想到了MSN邮箱，我曾经发过邮件去询问一件事的答案。慌忙登录之后，果然里面静静躺着两封邮件。

林苹果当年放弃外企的大好机会，确实因为我。

当时因为公司两个部门合并，公司大量裁员，裁员预备军里我和林苹果必须走一个。公司要留林苹果，准备在春节的时候给他升职，结果林苹果为了我，选择了自动离职。于是，我顺利地留了下来。

我给顾嘎嘎打了个电话："你当年是不是喜欢林苹果？所以知道他因为我离职，后来才对我是那种态度？"

"老娘要是喜欢林苹果，现在会有你什么事儿？"不知道是不是因为太晚了被我骚扰，顾嘎嘎的火气十分旺盛，"老娘就是生气，多好一个大红苹果啊，前途无限的一大红苹果，就因为你一个新人，放弃了。而你这货，还一副理所当然的神情，每天该吃吃该喝喝该笑笑。"

"你正义感还挺强烈。我哪有你说的那么不堪。"我嘟囔着。

"你敢说，你当年没有跟广告部的小哥抛媚眼！就在林苹果离职的第二天。"我已经把手机跟自己的耳朵拉开了距离，可还是能听到听筒那一边的顾嘎嘎在咆哮。

"我要是会抛媚眼，还至于现在单身？我就是学不会你们女人那一套啊！"我无奈地说着，因为我完全不记得广告部小哥是哪一位长什么样了。

"我们女人……说得好像你不是女人一样。"顾嘎嘎没好气地说道。

"对啊，我不是女人，我是汉子。您就消消气吧，早点睡。"

"范陈皮，大半夜的用电话把我吵醒，还让我早点睡，你能别这么极品么？"

顾嘎嘎这话真耳熟，不久之前，我好像也这么吐槽小医生来着。果然是风水轮流转，转啊转的就转到我头上来了。

所以，人啊，真不能做坏事。

"既然我已经被你吵醒了，就再告诉你一个秘密好了。两三年前吧，具体时间我不记得了，反正是我在外企的时候，一个自称是林苹果的亲戚的女人来找他。要知道，林苹果离职好几年了，她竟然不知道，这算哪门子亲戚。所以，我把她带到会客厅，问她找林苹果干什么。你猜怎么着？"

"不知道。"顾嘎嘎真讨厌，我怎么可能猜得到。

"跟你这种人说话真没劲。"顾嘎嘎抱怨了一句后，继续说，"那女人也是够直接，说林苹果之所以结婚，是为了能回北京。之所以要回北京，是因为北京有他放不下的人，她就是想来看看林苹果放不下的人是谁。其实她说完，我就知道是谁了，除了你范陈皮，还有谁能有这荣幸。"

"荣幸个啥啊，你看我像当第三者的人吗？"我没好气地问。

"确实不像。就你那智商，还真当不了。"

"滚。"

2.

离职是因为我。

结婚是因为我。

那么这次的离婚总不会还是因为我吧？

我想给林苹果打个电话，可是按到最后一个键的时候，死活按不下去了。如果这电话打通了，我能说什么？问他你为什么结婚？问他又为什么离婚？还是问他到底喜欢我什么？

算了，我始终不相信他能如此多情。

刘不二的同桌与她多年之后再次相见，主动的一个拥抱，让她陷入爱情。

而我的同桌呢，多年之后的再次相见，却把我放到了婚恋网的首页，给我介绍更多的男人。

刘不二的同桌在她感冒的时候，对她温柔照顾。

而我的同桌呢，却在我伤心难过的时候，朝我借了三万块钱滚出了帝都。

这样的同桌，这样的林苹果，会是喜欢我的林苹果？

就算他离职、结婚、离婚全是因为我，那跟我有什么关系？他自始至终没跟我说过一句真话，我要这样的林苹果做什么用？

好吧，我承认我又变成了超级现实主义者了。

现实得可怕。

我想，我和林苹果之间，就到此为止吧。既然是错过，就是失之交臂，就是永恒，就是不能再重新来过。

看了一眼微信，最期待的那个人始终没有出现，我心情特别不好。最终，拨通了肥总的电话，说："我想回家了，想爸妈了。"

肥总很愤怒地说："您能别在大半夜抽风吗？"

"我就是想现在回家。"孤单寂寞怕冷什么的，总有些说不出口，所以只能死咬着这句话。

"我也是。"这次，肥总回了三个字。听着就觉得很心酸。

我在北京奋斗了十年，到现在，没车，没房，没有男朋友，在北京这样一个城市，没有我任何痕迹，我都不知道，我为什么还要死赖在这里，我到底在坚持着什么！就连这种时候，我想回个家，也因为是半夜，没有车，而不得不等到明天早上。

如果这时候，我有辆车，哪怕我会开车去24小时租车网上也能随便租来一辆啊，这样的话，一个小时之后，我就能见到我爸妈了。

可是，我还没有拿到驾照！再没有比现在这一刻，我更恨自己的拖延症的了。

"我明天就去驾校！"我在电话里，大声地说着。

"鬼才信你。"肥总说完之后就挂了电话。

她在设计公司上班，忙得死去活来，加班是常态。半年多前，她又兼职做起了淘宝生意，更是忙到吐血。有时候，我真觉得，她比我有出息多了。她清楚地知道自己要什么，她在为回家做准备。

是的，肥总准备忙完这阵子，就辞职离开北京了。

她觉得这座城市，始终太过陌生。她要回家乡，回到父母身边，去买一套房子，开个设计工作室，同时兼顾着淘宝掌柜的身份。

我不停地问自己，我为什么要死守在北京城不肯离开？

如果非要我诚实地回答的话，我想，大概，可能，也许……

几年前，我是怕林苹果回来，找不到我。

而现在，我可能是怕张哈尼再也不来找我……

手机里还有那天晚上张哈尼拷给我的歌，点击播放键，是中岛美嘉低沉的女中音，张哈尼一直都知道我从不爱听外文歌，但是他一直坚持把他喜欢的歌跟我分享。他说如果有一天，我能静心听懂每一首他发来的歌，也许，我的世界就会不一样。

现在想起来，这真像一句暗语，可关键是我没学过日文啊。

不对，有百度啊！脑中突然有种预感在翻滚，我打开电脑，按照时间顺序把三年来张哈尼发给我的歌一首一首排出来，我想找出点什么线索，也许我会找到张哈尼，也许我的世界会不一样。

花了半个多小时，把电脑里张哈尼发来的歌齐刷刷找出来，竟然有243首。再按照张哈尼的喜好，把除了日文的全删掉缩小范围，最后剩下的日文歌有147首，再每一首对照时间，把闲扯淡不可能有寓意日子的歌再删掉一批。

看着文件夹里剩下的最后9首歌，我想答案一定就在里面吧。这9首歌都是张哈尼让我不得不听的。

先从三年前那个情人节后他发来的第一首《流星》开始查吧，这是东野圭吾《流星之绊》的主题曲，中岛美嘉2009年专辑中的一首。张哈尼一直很鄙视我看泡菜剧，一直推荐我看各种日剧，但日剧拐弯抹角的思考方式，我真是压根看不进去。

在中岛美嘉的贴吧，终于找到了《流星》歌词的中文翻译。

流星 失去的东西 没有失去的东西

怎样的时候都感觉与你最近

流星 喂 在两个人马上就要知晓的日子里

想要连接着探寻到的天空发现相同的未来

流星 喂 你正在想什么

探寻到的星星现在确实在我心里闪耀发光

流星　我向着流星许愿　想一直与你在一起
想要连接着探寻到的天空发现相同的未来
我们不是一个人
YOU STAY FOREVER

那天我睡着之前，隐约听到张哈尼说些什么，好像在说"谢谢"。那天我们在小火车上，张哈尼一直很认真地看着模糊的星空，他说，真希望今夜能找到一颗属于我们的流星……

不知过了多久，已经查过七首，我的心越来越沉，眼角也悄然湿了。

第八首是我把他赶出去那次，晚上邮件发来的一首，柴崎幸很久之前的作品《最爱》，邮件我今天才打开。深情的女声好像在诉说一个悲剧，我默默听完，很容易就在百度上找到了中文歌词，一边看歌词一边猛喝水，是不是妄想这样来补充眼泪蒸发的速度？是的，我很久很久没有哭得这么惨了，这一刻，我恨透了张哈尼。

因为是像梦境一样的人，
所以才会像梦一样地消失。

即使知道了这样的命运，

我还是走进了那个季节，

像落下就会消融的细雪一样，

不能止歇的思念。

不能爱也没关系，

在远处静静守护就可以。

即使是逞强，

也想要联系在一起，

因为还是喜欢你。

那个时候多哭一点就好了，

那个时候多笑一点就好了。

对我说"你真傻"啊，

对我说"别在意"啊，

但我只是，只是非常想遇见你。

这还是第一次，

觉得到今天为止的日子不是错误的。

如阳光一般的笑容，

为我照亮生存下去的道路。

为我撑开心灵之伞，只有你一个人。

即使不能相爱也没关系，

我会在这里守护着你。

可能只是在逞强吧，
但是我们的心还连在一起，
因为我依旧还喜欢着你……
……

"你是不是喜欢我？"很早之前，我这样问过他。
"你是傻瓜么？"他这样回答过。

其实女人很敏锐，即使是女汉子，你喜不喜欢她，她一眼就能分辨出来，只不过有的装傻，有的自欺欺人，有的委屈求全，有的决定和你一起演。而我，一直装傻地自欺欺人，哪怕事实摆在眼前，我也不会承认。同样一个问题，我也问过林苹果，也是没有答案的答案。

既然他们都跟我装傻，那我何必再去认真。

猛抽了一把想跟眼泪组团来的鼻涕，我点开了张哈尼最后一次直接拷贝到我手机的中岛美嘉的《记忆》。

如果还能再与你相遇，
我一定会鼓足勇气对你说：
没有人比我更加爱你。

即便是现在也仍然如此，

如果无处可去，

我会一直等待着你。

如果能让你看到那个时刻，

我会用那样的笑容对你说，

没有人比我更加爱你。

……

张哈尼，你的告白能再隐晦点么？

你明知道我是粗神经、大线条，明知道我听不懂日文……你能用点正常的方式告诉我这些么？我真是恨透了这种弯弯绕绕的细节，咱直接点成吗？

哦对，他直接过。

我突然想起，我生病的时候，他送过一束雪莲花给我。正常不都应该送点玫瑰啊百合之类的吗？雪莲花是什么意思？

雪莲花的花语——纯洁的爱。看着百度上简单的解释，我默默合上了笔记本。"雪莲花的花语……"突然觉得胸口闷闷的，呼吸困难。

这一晚信息量实在太大，张哈尼真的喜欢我么？我还是不敢确定。也许他是喜欢我的，但他也喜欢他的上司，也喜欢那些不停出现在他身边的哈尼们。

而我喜欢张哈尼么？似乎也不是那么确定。我只知道，此时此刻，没有张哈尼的帝都，我似乎真的不那么想要留下了。

3.

我原本打算天一亮就坐最早的公交回家，可计划没有变化快，就在我在车站等肥总的时候，我竟然看到了我爸妈背着大包小包的，从对面的公交车上走下来。

我一度以为自己眼花了，连忙拿出手机给老太太打过去。

我看到对面我娘亲拿出手机接听，但我还是问了一句："娘亲大人，您是不是在帝都？"

"怎么可能，我正在家里吃早餐。"说谎，我明明看到她一边冲我爸伸舌头，一边跟我说话。

"那您能告诉我，现在在北京，930车站，那穿着红色花衣服戴着GUCCI太阳镜烫着时髦卷发的年轻老太太是谁吗？哦对，还有旁边那位身强力壮的手里拎着三个袋子的帅小伙又是哪位啊？"

那明晃晃的GUCCI太阳镜，在阳光底下真是差点闪瞎我的眼。像我娘亲这样一个农村老太太，其实不知道什么是GUCCI什么是LV的，那眼镜是肥总公司的同事去德国出差，给她带回来的生日礼物。结果肥总是超级无敌大近视，所以太阳镜从来没有用武之地。于是，她就拿回家，孝敬老太太去了，我们怕老太太不舍得戴，就跟她说，这眼镜几十块钱，随便戴。

我说完一分钟后，老太太终于看到我了，不敢相信地说："你怎么知道我们来北京啊，你怎么还来接了啊，我还准备直接蹦到你家门口，给你个惊喜呢。"

"我……"我想说我本来是要回家的啊，我想你们了。可是这话要是说出口，他们肯定会担心地问为什么。于是，我赶紧转移话题："怎么样？我神吧！哈哈哈……"

在我的记忆中，我爸妈来帝都一共只有两次。

第一次，是爷爷和奶奶相继去世那一年，爸爸一下子失去了两个亲人，在葬礼上，他没有哭，因为这个家，从此以后，只能靠他一个人来支撑了，户口本户主那一项，也变成了他的名字，所以他不能哭。

但我知道，他已经到了崩溃的边缘。妈妈说他已经连续一个月失眠，半夜时，听到他轻轻地翻身，也有轻轻抹泪的动作。

我的妈妈，也因为家里连着失去两个老人，大事小事一大堆，血压也升到了至高点。

直到我舅舅家的儿子欢仔因为跟家里闹别扭，跑到我家里来躲清静。

他从小生长在南方，第一次来北方，尤其是对北京无限向往。于是，我妈就和我爸商量，要不，我们带着欢仔去北京玩吧，反正闺女们也都在北京。

其实，我妈妈只是想带着爸爸，来北京散散心。

因为家里的气氛太压抑了。

那一年，我们一家四口终于有了第一张合影，是在北京的鸟巢里。

第二次，是去年年底。

我用杂志社发的一千块钱的超市购物卡来威胁他们，说你们再不来，这卡就作废了。其实，那卡的有效期是三年，我只是想让他们来北京玩玩。

爸爸妈妈是节俭惯了的人，所以，为了这一千块，他们是肯定会来的。

我以前从来不知道后悔，但那次我是真的后悔了。为自己那颗自以为是的小心思。

爸爸的半边脸和整只右手，都是新结的疤。两天前，村支书的儿子结婚，爸爸去帮忙，放爆竹的时候炸的。

他笑着说不疼，说本来不想来的，觉得给北京人民丢脸。但已经跟我说好了，就还是硬着头皮来了。

听到这句话，我特别不争气地跑到厕所里，大哭了一顿。

而今天，在公交车站看到他们那一刻，我真怕是出了什么事，不然，他们怎么会这么主动地来呢？平常三请四请他们都懒得跑到帝都玩一圈。

直到我们三人坐上出租车，甚至进了家门，我还在不停地问："到底出什么事了？"

"你这孩子，就盼着出事是吧？"我妈被我问得实在烦了，放下行李，就开始数落我。我爸在一旁傻笑。

"爸，您说。"

"就是给你们送好吃的来了。"我爸最实在，但我觉得他说这话，只有一半是真的，至于另一半，就实在不知道了。

"爸，您学坏了啊！"我抱着我爸的一条胳膊撒娇着说，然后猛地恶寒了一下，原来我也会撒娇啊，这感觉，其实，不坏。

就在我准备继续刨根问底的时候，手机响了起来。一看是肥总的电话，我心想这下坏了，我接到爹娘这事儿，忘了跟她说了，估计她现在正在车站等我呢。

4.

　　和亲情比起来，所有的喜欢啊不喜欢啊纠结啊难过啊，全都不值得一提。

　　在被我爸妈喂养的两天中，我的心情指数直线上升。虽然被肥总破口大骂了一番，但并不妨碍我的好心情。

　　我终于知道我爸妈为什么来帝都了。

　　那天肥总一脸怒气地踏进家门，我妈就从包里掏出一沓男人的照片，供肥总选择。因为肥总要回家了，所以，我爸妈终于有了用武之地，跟街坊邻居七大姑八大姨那边搜罗了所有适婚小伙的近照，排着队等着肥总去挑呢。

　　我真是各种幸灾乐祸，肥总那火暴脾气，终于也要走上相亲之路了。

　　最最关键的是，这家伙竟然没有发飙，而是对着那些照片，一张张地研究起来。

　　"这人眼睛忒小了吧？您就不怕以后外孙子长得像耗子么？"

　　"唉，那人长得怎么这么像土豆啊，PASS！"

　　"我说亲爹啊，这人看着比您还老，您这是从哪淘来的大爷啊？给陈皮还差不多……"

"这小伙挺精神，就是忒瘦了，看起来不到一百斤吧？要是结婚的话，都抱不动我。娘亲，你忍心让我在婚礼上抱着他吗？"

……

一番挑三拣四，连带着对我人身攻击之后，她还真挑出了几个勉强合格的，准备回到老家之后，就立马相亲去。

因为肥总十分配合，我爸妈的矛头终于指向我了。

"范陈皮，你妹比你小三岁都开始准备结婚了！你个老女人还要拖到什么时候！"这真的是我亲娘说的话，她竟然说我是老女人！！

我一口老血差点没吐出来，又生生给憋了回去："她不过是刚准备相亲，离结婚还早着呢！"

"相了亲就结，用不了俩月。别转移话题，你爸说了，就算是黑女婿他也认了，只要你先带回家一个。"

我转头看向老头，嘴角抽搐地问："黑……黑女婿，也能接受了？您的心脏真受得了吗？"

老头白了我一眼，说："总比没有强。"

"别说黑的了，你就是带回来个女女婿，我也认了。"

太强大了！

我从来不知道我家老太太竟然这么开放，这话说得，女女婿，我去……

看来我可以去找刘不二，让她更加扩大范围了，全球范围内，只要是活的，都可以给我安排。

其实我特别想说，我也想回家，我也不想在帝都待着了。但是在半夜，我听到了老头老太太在房间里的对话，他俩以为我们睡着了，偷偷说："大皮一个人在帝都估计能很快'脱单'吧？"

我不得不说，我家老太太真的是太潮了，与时俱进什么的，连"脱单"这种词语都知道，简直秒杀一众老年代表。

"嗯。之前她跟小肥在一起，总是不急。现在小肥就快回家了，她应该受不了一个人的冷清了。"

"最好找个北京的，这样以后我们就可以时不时地蹦来玩了。"

"你也得蹦得动啊。"

"当然蹦得动，我还指望她赶紧嫁掉，接我们过去住住呢。"

"到时招人嫌弃。"

"我是她亲妈，她敢嫌我？不过说真的，要不然，让大皮也回去算了。一个女孩子，干吗在帝都这种高压城市闯荡啊。"

"当年是她非要出来的，你现在能让她回去？那孩子有出息，你就让她再闯两年吧，实在不行，我们再把她打包回家。"

"那时候就过三十了，更没人要了。"

"我们养她一辈子……"

我们养她一辈子。

我们养她一辈子。

我们养她一辈子。

就这一句话，让我在被窝里哭得死去活来的。

之前以为没了梦想，没了奋斗的方向，在帝都的每一秒对我来说都是煎熬。

可现在，我觉得满满的都是力量。

多大点事儿啊，不就是找个男人，在帝都好好生活吗？

别人可以，我范陈皮，也一定可以！

07　戴上它，不再是
一个人负担自己的喜和悲

1.

在肥总质疑的目光下，我终于下定决心去驾校学车了。

我想拥有一辆属于自己的车，然后开着车，带着我爹娘以及小肥，我们全家去踏遍中国的大好河山。

我跟肥总说的时候，眼睛都冒着光。

可是，却被她一盆冷水泼了下来："你这种路痴属性的生物，确定能开车带我们去玩？"

"当然。现在科技这么发达，导航这么先进，还有我去不了的地方吗？"

"请问，你现在的存折里有几毛钱？你是能买辆自行车啊还是摩托车？"

……别提钱，提钱伤感情。等我先把驾照考下来，再研究钱的事。

刘不二给我打电话的时候，我正在找离合器触点的感觉，起步停车什么的最无聊了。

"你学车的驾校是不是在大兴那边？"刘不二上来就直奔主

题，我突然有种不好的预感。

"对啊，大兴呢。"我趁机解开安全带，下车去放松我的脚。长时间踩踏离合器我都觉得这脚不是自己的了，酸，麻，抽筋，累。

"正好，我手上有一个好货色，他要去大兴办事。自从我给他看了你照片后，这小子对你心心念念，觉得你就是他心目中的文艺女神。"

"姐姐，我学车呢！灰头土脸的，而且今天穿得无比运动，而且没有化妆，满脸毛孔和痘子，你确定我就是他嘴里说的文艺女神？"

"是不是女神我不知道，但他一定是你心目中的男神。"刘不二说得无比笃定，也不知道哪来的信心。

"怎么个男神法？"我问。

"制服诱惑。"

"哪类制服？清洁工还是消防员？不会是我最崇拜的小警察吧？"

"比警察高级点，市反恐办的精英。"

反！恐！办！

要不要这么帅啊！

我开始深深怀疑起刘不二的身份，不会是传说中的特工吧，为什么手上的货色各式各样的，公务员、游戏大叔、脑门哥、这些就算了，现在怎么连市反恐办的人都倒腾出来了！

太危险了好吗？！

"不二姐，你真的是不二吧？"我弱弱地问。

"我是玉皇大帝观世音，你少废话了。人家那小伙儿一个小时后就到你们驾校门口，准备接驾吧。我跟你说，这可是我手里的头牌，再也没有比这个更适合你的了，而且条件样样都符合你的要求，而且还是你最崇拜的职业，你不是一直想要制服诱惑么，这反恐男的身材好得一塌糊涂，典型的脱衣有肉，穿衣显瘦，连我看着都眼红流口水。关键是，人家还有内涵，业余时间人家喜欢弹钢琴喜欢看书品茶，所以一直想找一个文艺范儿的女孩。我把你戴眼镜那张最美丽的照片给他一看，人家就说必须赶紧见面啊！觉得另一半就是你了的感觉。我心想，这事儿不能耽误，必须趁热打铁，这种男人绝对是抢手货，被截和也是分分钟的事儿。现在我让他直接来婚纱店接我，我和他一块儿找你去。"刘不二一口气说了好多话，中间都不带喘气的，就在我以为她要停下的时候，她竟然又继续说，"本王的婚礼还剩两天了，这种关键时刻还给你找汉子，你欠我一辈子！"

我深深地咽了一下口水，点头哈腰地说："是是是，我欠你八辈祖宗。"

"混蛋玩意儿。"哼，为什么所有人都骂我混蛋。

反恐男是刘不二的作者小警察的同事，原本，刘不二想把小警察介绍给我，但总觉得小警察跟我在一起，很有违和感。所以，她研究了一下，就让小警察把我的照片和基本情况，往他们的警察系统里一放，所有单身靠谱的男青年看过来，对警察有超级好感的妹子求男人中……

"不二姐，皮儿姐喜欢什么样的男人啊？"小警察同志一边筛选自己这边的资源，一边小心地问着刘不二。

"嗯，身高不能低于175cm，大皮儿自己就170cm，跟巨婴一样。身材呢，最好不是瘦削型的，鼓励高大壮哈。相貌没有要求，只要达到平均线站在天安门广场不觉得丢人就可以。最重要的是一定要够爷们儿，愿意主动，不能鸡贼小气。我跟你说，给你皮儿姐之前介绍的好几个不错的，都是折在小气、不爷们儿这上面了。"

"明白，明白。"小警察隔空擦汗，"不二姐，刚一朋友推荐了俩八一中学的老师，说身高、身材都符合要求。一米八以上的个头，都是帝都本地人……"

"多大了？"刘不二问。

"一个1982年的，一个1985年的。"

"嗯，年龄倒是合适，不过为什么他们这么大了还没女朋友呢？"刘不二挑剔上了。

"说是1982年那个为人特别腼腆，1985年那个有些挑剔。"

"腼腆啊，这个不好。皮儿本来就是不踢不动的人，找个干踢不动的，俩人还有救么？"

"还真是……"小警察这次真的开始擦汗了。

"再跟我说说，那个1985年的呢，怎么个挑剔法？把皮儿的照片先发他看看，有什么反应马上反馈给我。"

"嘛……"小警察得了刘不二的令，赶紧把照片发过去。

几分钟过去了。

"1985年的还没反应么？"

"我问问哈。"

"甭问了。这么久都没反应，不是脑回路过长，就是对皮儿兴趣不够。这个也PASS了吧。这次我必须给她找个主动进攻型的……来，下一批，咱不着急，一个一个先过咱俩的一审和二审，我们满意了再给皮儿直接来三审。"

"呃……好。"小警察心里想着，不二姐您真是当编辑当职业病了吧，怎么相亲还弄出个三审制。

就这样在反恐男出现之前，刘不二和小警察已经帮我筛选了好几批，最后之所以让反恐男跟我见面，就是因为觉得各方面我俩都超级匹配。

是啊，我是对警察这个职业有天然崇拜。

嗯，只有一个普通原因，就是觉得警察的制服好帅呀，任何人穿上警察制服，瞬间都人模狗样了有没有？瞬间就性感无敌了有没有？

好吧，我承认自己有强烈的制服情结。

总觉得男人，穿上一身制服后，整个气质都会变掉。无论之前他是矮是胖，是高是瘦，无论美丑，在穿上制服那一刻，都变得太不一样。

我琢磨着，这可能是当年我看《士兵突击》的后遗症，那个片子看到最后，我竟然觉得，许三多都可以这么帅啊。

就因为这事，我被刘不二骂了好久，一度怀疑我的审美能力已经消失。

2.

就在我跟教练请了假，在大门口准备接驾的时候，刘不二的电话又来了："你可以滚回去继续学车了，反恐男接到临时任务，刚接到我就把我扔到了路边，反恐事件不是闹着玩的，本王可惜命呢。"

"意思就是说，今天不见了对吧。"

"对。好事儿，就你现在那土包子样，没准直接见光死了。他既然临时有事儿，就说明你俩见面的时机还没到。"刘不二前一秒还在说这事儿，下一秒就说，"要不然，你来找我吧，刚刚在婚纱店看到一套伴娘服，比你在淘宝上看到的高级出几条街，还有大码哟，快来试试。"

刘不二，你还真是说风就是雨啊。

刘不二要嫁的那个人，算不上富豪，但对她极其恩宠，结个婚吧，什么都由着她。

在帝都最牛X的婚礼用品一站式服务店里，我再次见识到了刘不二的女王式腐败。

"嗯，每个女人都无法拒绝这么完美的罩纱。"我在婚纱店找了半天，终于找到了正在试戴罩纱一脸沉醉的刘不二。

"哟，皮儿，你来得正好，帮我再试试另一款俄罗斯的蝉纱。"

没等我反应过来，就被刘不二扔过来的罩纱盖住，周围的一切变得朦胧而美好。

"怎么样？是否有种公主的感觉了？"刘不二拉我到了镜前。

"嗯。"看着镜中的自己，我一时失语。罩纱这东西太神圣太特别，即使从没做个新娘梦，这轻如蝉翼的手感，看着四边纯手工刺绣的蕾丝边，在那一刻我确实也开始憧憬了，我也开始觉得自己内心深处还是纯姑娘了。

"究竟选哪一款好呢？"不二也开始犯难。

"要不，要不，还是要你戴的那个吧，你那个长一些，更配你的女王范儿。"我竟想着要不要等刘不二买完，我悄悄回来把自己头上这个买下来过过瘾。

"嗯……MISS，这两块纱都要了，我朋友戴的那块一会儿单独包起来。"刘不二偏头冲我狡黠一笑，"喜欢就要留下，那块儿姐送你了。"

我看着四位数的价签眼泪差点没吓出来。

"不二，你的婚纱和礼服都挑好了？"我屁颠地提醒着。

"婚纱当然不能在这种平民店买啦，放心吧，婚纱早就跟礼服一起私人定制好了。那老师傅手艺特棒……是我老公大学导师引荐的，专门给帝都的各国外交官夫人服务的，从来不接外单的，要不是有张晓野导师，给多少钱人家也不接呢……回头给你看看婚纱上的珍珠和水晶，都是手工缝上去的……敬酒的礼服是纯手工刺绣的凤求凰旗袍，料子是锦缎……今天，就是随便挑一些小东西，最主要的当然是给你选伴娘礼服啦……"

小东西……您刚挑的冰蝉丝的手套、大嘴猴的特别款情侣拖鞋、CK的睡衣加浴袍、冰岛定制的皇家床上四件套、西班牙骨瓷的餐具、给婆婆奉茶用的斯里兰卡的3000米以上高山红茶、床头用一次的德国定制的台灯……婚礼当天的捧花要空运的洛阳牡丹，拱门要用紫色的绣球花和白色的山茶，婚礼用的撒花非要用什么北海道樱花……我已经没勇气看刘不二最后刷卡确认的数字了，只是觉得无数间LOFT在离刘不二远去。

我以前真的不知道刘不二这么奢侈。她明明是金牛座啊，明明视钱如命啊，怎么舍得为自己的婚礼这么铺张浪费啊？！

"刘不二，你不会是得了什么绝症吧？"我小心翼翼地问。

"我呸，你才得绝症！"刘不二真的呸了我一脸口水，看她这么有力，应该没啥事，可我就不明白了啊！

"没得绝症你怎么把钱都花了！你辛辛苦苦攒了这么多年钱，这一次就败光了吧？！"我真舍不得那些钱啊！如果借给我，我能在北京买房买车了！

"嗯，好问题。"刘不二拍了拍我的肩膀，语重心长地说，"皮啊，我这辈子只打算结这一次婚，如果这次我不享受，那一辈子都享受不到。别人结婚都可以凑合，但我，不可以。我的钱，要花就花在仅有一次的地方。"

仅有一次的婚礼……

刘不二看来是铁了心要跟张晓野过一辈子了。以前我总觉得，以刘不二的性格，就算结了婚，出轨的可能性也很大。可没想到，当她真的认定一个人的时候，就赌上了一辈子。

女人，是不是都这样？

等我遇到我可以为之一赌的那个人，就算是遇到对的人了吧？

出了商店，因为白得了天价罩纱，和一件非常仙儿非常美的奢华伴娘服，我决定带刘不二去一家很好吃的餐厅，曾经和张哈尼一起来过，记忆深刻。

只是没想到，真的会在这里，遇见张哈尼。

只见他西装革履，人模狗样地板着张脸，对面坐着一个女人，两个人的感觉，真像是在相亲。可那小子不是喜欢男人吗？怎么会跟女人相上了？这女的不会是变性的吧？就在我胡思乱想的时候，刘不二一身霸气，直接走上前，亲热地叫着："哈尼兄，好久不见了，忘了人家了吗？我可一直都惦念着你呢……还记得这是我们第一次约会的餐厅么？"

她一定是演戏演上瘾了，不晓得这场戏她打算怎样发挥，总之看得我一阵恶寒。张哈尼眼神无比复杂地看着我，似乎在说，求你，你赶紧把这个疯女人带走吧。

其实，我表示心情很爽。那么多天不联系我，不是说跟你亲爱的哈尼过好日子去了吗？为什么现在坐在你对面的，是一个横看竖看都比我还差劲的女人？

我假装没看到张哈尼的求救信号，而是鼓励地看着刘不二，等着她出下一个损招。

"哦，忘了自我介绍，我是刘不二，是张哈尼曾经的雇主。"刘不二紧贴着张哈尼，很不客气地坐下了，笑脸盈盈地看着对面毫无气场的女生。

"你好……我叫李玉春……今年刚毕业……"

"哟，春哥呀！你是否去年夏天也参加了《超级女声》……呵呵……别说，你跟春春长得还真像呢，我们张哈尼特喜欢音乐，最爱听春哥的歌了。皮儿，我没说错吧？"

"你说你是张先生的雇主？"姑娘忘记了尴尬，似乎想起了上一句的某个重点。

张哈尼一脸黑线，想解释又欲言又止。

"可不，他这个小坏蛋可调皮了……姑娘，你有什么不好意思问的，姐姐可以私下告诉你哟。"

刘不二话音刚落，只见紧张正喝水的姑娘一口水全喷到张哈尼脸上，刘不二似乎早有准备，已经站起身来，手上拿着纸巾早早遮住了半边脸。

痛快，哼，这就是背着我跟姑娘约会的下场，我心里小邪恶了一下。

结局就是我和刘不二彻底搅了张哈尼的局，春姑娘以拉肚子的速度逃离了餐厅，张哈尼自始至终一句话也没说，最后甚至连一个眼神都不再给我就离开了。

唉，友情啊，真够脆弱！

3.

婚礼前一天晚上，我竟然比刘不二还要激动。

"嘿，我说刘不二你为啥对我这么好？"我美美地把我的两套伴娘服穿了脱，脱了穿，一个人玩得不亦乐乎。

"真的想知道？"

呃，怎么一问还真给问出来了，我傻傻地冲刘不二点点头。

"因为你是我见过的，最傻、最善良、最坚强、最能干的一等一的好姑娘。"

"人家都被你说得不好意思了。"我讨好地往刘不二身边猛蹭，好羞涩，干吗这么夸人啊。

"擦，别打岔……我这正回忆呢。"刘不二嫌弃地挪了挪，"刚认识那年，说实话对你真没什么好印象，又土气又圆滚又肥胖，真真是土肥圆啊。估计你看我也很不顺眼吧？"

"可不……你那心比天高的死样真是……"我正想大说特说，被刘不二的眼神吓退了，"其实也没啦，人家感觉你还是蛮好的。"

"啧啧，真假。扯回来，忘记后来咱们俩怎么就熟悉起来了，没事儿还在网上聊聊天，扯扯淡的。可能你自己都忘了，有天下午我们又在网上聊天，你跟我讲了有年冬天，你和肥总一个月赚不到两千块，睡小黑屋。肥总还突然查出身上长了肿瘤，急着做手术，那时你是真的没钱。把肥总在医院安置好，大雪天你自己坐在医院的大门外号啕大哭，不知道跟谁去借钱，更不敢告诉老家的父母，怕他们担心……你跟几家向你约稿的杂志社预支了稿费，才凑齐肥总的医药费……可能你早就忘了，当时你跟我说这段往事的时候多么云淡风轻，可我当时在电脑前心疼得眼泪都下来了。"

我一时无语，只是紧紧握住刘不二的手，好像当年受苦的是她。

我不愿意回忆，很多曾经受过的委屈受过的苦，我都选择性遗忘了。如果不是她提起来，我真的把那段最难熬的日子给忘得死死的。原来肥总还欠我这么大一人情呢，小肥，欠着我的情，还欺负我，真是白眼狼。就在我准备给肥总打个电话，让她用金钱补偿我的时候，刘不二又开口了："从那时候开始，我发现你确实是值得一生相托的朋友。"

"那是。"我大言不惭地傻笑。对刘不二我什么时候都是，只要您说话，只要小的能办到，不问原因只给您结果。不只是对她吧，对其他人也是这样。只不过，有些人，一次次地想要触及我的底线，当他们真的找到我的底线的时候，我已经离开他们很远了。所以，我的朋友不多，很多人在岁月中不知不觉地消失掉，而留下来的，都是最珍贵的。

"傻样吧。"刘不二突然开始咯吱我，也许她预感到自己泪点要来了。

"哈哈哈，别闹了。"我瞬间从沙发上滚了下来。

真是彻底被刘不二弄精神了，丝毫没有睡意，一直睡不着，跟刘不二不停地聊天聊天聊天，也不知道几点了，直到刘不二一声大吼："你到底有完没完啊，老娘明天要美美地当新娘，要睡觉！"

真是不解风情。

人家这不是第一次当伴娘吗。

刘不二的梦幻式奢华婚礼开始了，一切堪称完美。

作为首席伴娘，我揣着他们的婚戒等在红毯这边，和新郎一起等着刘不二登场。

当会场灯光渐渐收起，只有红毯边上微弱的地灯亮起的时候，熟悉的《婚礼进行曲》响起，空气中飘着樱花的香气，而这时一种前所未有的孤独感笼罩着我，趁着昏暗做背景，我猝不及防地开始泪崩。

此时背景墙开始放幻灯片，刘不二和张晓野从小学到最近的照片，背景音乐是刘不二最喜欢的《YOU ARE BEAUITIFUL》，看着这对儿金童玉女露着灿烂的笑容大晒着幸福，我心里感受到的却是阵阵悲凉。

也许……也许……

我永远也不会有这么一天了。也许，我一辈子只能这么孤单着了。一想到这儿，我就哭得越发伤心起来。

眼看着幻灯片即将播完，刘不二也被刘父缓缓地带到了新郎身边。我知道马上所有的灯就会重新打开，刘不二和张晓野要交换戒指。我太怕大家看到我的狼狈，我更怕刘不二会看到……

"一会儿交换戒指的时候，你把这个拿上去吧，他俩的婚戒都在里面。如果刘不二问，就说我去更衣间准备她的礼服了。"跟伴郎交代完，我赶紧向后面的更衣间走去。

转身的瞬间会场灯光亮起，在我的身后响起一片欢呼声，虽然我看不见，但是我知道此时此刻，除了我，这里每个人应该都挂着笑容吧；除了我，这里每个人此刻都感受到了幸福吧。

不知道什么时候，我忘了该怎么寻找幸福。
不知道什么时候，我忘了该怎么寻找爱情……

更衣间的沙发上，在我努力用最后一片纸巾擦着鼻涕的时候，一身婚纱裙角粘着淡粉色樱花瓣的刘不二进来了。

"你怎么这么早就过来了？快，帮我赶紧换红色的旗袍。"

刘不二如释重负地坐下，脱了银白的高跟鞋，准备换上跟旗袍搭配的红色高跟。

幸好刘不二没发现任何异常，我赶紧伺候她换旗袍。

蹲着帮她系完最后一颗盘扣，刘不二突然用手勾起我的脸，君临天下地看着我说了句："陈皮，你当我是外人么？"

我红着眼看着她，什么话也说不出来，我怕自己控制不住自己的情绪。可刘不二那货显然不肯放过我，不知道从哪儿翻出了一支笔，在我的左手无名指上画了一个戒指，说了一句这辈子最帅气的话："我希望你也可以尽快地戴上它，不再是一个人负担自己的喜和悲。"

就这么简简单单的话，让我的眼泪不争气地掉了下来。

从来没有哪个时刻，让我觉得刘不二是这么的靠谱。

只是，为什么我身边的人一旦靠谱起来，却都选择离开了？似乎刘不二的移民已经申请下来，婚礼过后，两人就一起飞往法国，从那儿先开始欧洲邮轮蜜月之旅。

我半蹲着趴在刘不二的腿上，眼泪各种汹涌，把她花大价钱买来的婚纱抹得深深浅浅，要不是看我哭得这么伤心，她指不定怎么损我呢。

我以为这样的我已经够可怜的了，总能赚几把同情分吧。可刘不二就不是个正常人，别指望她能有什么正常反应。没有安慰，自从之前那句帅气的话说完之后，她就沉默了，就那么看着我哭，等我哭得差不多了，她才掏出化妆包，在我脸上乱涂一气。

"别总给我丢人了，尤其是今天，外面大把的好青年等着你呢。"刘不二没好气地说道，"刚刚婚礼仪式的时候，我扫了一眼台下的众男士，顺便向我老公问了一圈谁单身，得到答案之后我底气十足。我跟你说，我手里的这批货色素质绝对过硬，有几个人的行情我十分看好。"

这批……货色……

素质……过硬……

行情……看好……

这些话怎么听着这么别扭啊，刘不二上辈子一定是怡红院的老妈子。

4.

当和刘不二再回到婚礼现场时，我意外地看见了脑门哥，这哥们太好认了，混在新郎官张晓野哥们儿团里，绝对鹤立鸡群。不知道是不是我错觉，怎么觉着脑门哥的发际线又向后撤了，无发之地跟打了蜡油一样精光锃亮的。

"嘿嘿，怎么后悔了？被人家智慧的光芒晃瞎了？"刘不二一边拉着我向脑门哥靠近，一边坏笑地刺激我。

"我呸，谁后悔谁不孕不育。"我咬牙切齿道。

正说着，就见脑门哥端着半杯红酒，晃晃悠悠就过来了，小脸泛着红晕估计酒量不济，看见我不好意思地笑笑说："先祝三哥和三嫂百年好合，早生贵子。再祝陈皮姐姐，早日找到如意郎君。我先干为敬。"说完倒是豪气地一口把酒给干了。张晓野跟脑门哥在大学一个宿舍，张晓野排行老三，所以刘不二也跟着降了排行。要知道，她一向喜欢别人叫她大姐头的。哦，这不是关键，关键是刘不二大喜的日子，你爱祝福就祝福，我跟你非亲非故，谁要你祝福我找不找如意郎君啊。啊，气死我了，我气得嘴角不自然地颤动。我不满意地用胳膊肘碰了碰刘不二，她却丝毫没反应。

"老六你这话说得真缺心少肺的，给咱们宿舍丢人。我大喜的日子，你要跟陈皮叙旧，也不能给我们敬酒带着人家啊，你要祝福也要一个一个来。过来，给你个机会给陈皮道个歉，然后再自罚三杯。"新郎官张晓野就是霸气，这一刻，我决定开始认同他了。

在一阵起哄声中，脑门哥对我连连道歉，自罚了三大杯。我觉得怎么着，也不能给刘不二丢娘家人的脸不是，于是也回敬了一杯。喝完就被刘不二拉到下一桌陪酒，只听脑门哥在后面哼哼唧唧地唠叨："我还要喝，今天三哥结婚我高兴，我失恋算什么？！学姐什么的算什么……"

刘不二在我耳边轻轻说："我说什么来着，真是不到三个月，还真被甩了。"

"你的诅咒也太灵了，真是不能得罪你啊。"

"那是，对我不好的人都没好下场的。"刘不二这句话音还没落，这边就开始恭维老领导，"呀，方姐你最近怎么瘦了这么多，肤色看着跟上了桃花妆一样……"

"来，来，干一杯。"这句是那天，我听得最多的。而这句之后相伴的是我替刘不二照单全收，把敬酒一一喝下。

人生中第一次喝醉的感觉，竟然如此的不美好。

其实也不算醉，我意识相当清醒。在刘不二的婚礼上，作为伴娘的主要义务，是替她挡酒。以我千杯不醉的业绩，刘不二自然没有放过我。所以，整个婚礼上，刘不二一杯酒都没喝，而我，挡了百来桌的酒。

我真的是条汉子啊。

我没醉，却吐得一塌糊涂。

唯一有些抱歉的是，我记得吐在了一位男士的身上，那男士穿着一身白色的西服，我还记得自己趴在刘不二耳边嘲笑着：那个被我吐了一身的穿白西服的男人，真当自己是白马王子啊。跑这地界儿装什么装啊。

第二天醒来的时候，刘不二那个没良心的竟然已经飞往马赛度蜜月了，把我一个人扔在酒店的房间里，衣服被扒得精光，空气中还残留着难闻的酒味。难道她就不怕我在熟睡的时候，被人给占了便宜么！昨天冲我抛媚眼的小伙儿，数不胜数好么！

酒后综合征就是各种头晕恶心，我勉强地支撑着，自己从床上爬起来，看到床头柜上放着一套干净的小套装和一张纸条，纸条上写着：换上衣服，下午五点速到酒店门口的喷泉那儿，有惊喜，过时不候。

刘不二大人的字迹，但我不明白是什么意思。

就在我带着宿醉的头痛换着衣服时，瞟了一眼手机的时钟，五点一刻了。刘不二纸条说的应该是今天吧！

顿时慌乱，迅速刷牙洗脸，整理头发，最后却找不到我之前穿来的舒服平底鞋。啊，谁拿了我的鞋子！就在抓狂时，却见床头柜上有个漂亮的盒子，打开一看竟是一双美艳无比的漆皮鱼嘴高跟鞋，套在脚上尺码也刚刚好。想来又是刘不二的杰作，看来楼下等着的惊喜着实不小。

焕然一新的我踏着高跟鞋，一路小跑到指定喷泉区，却没看到任何惊喜的迹象，难道因为我来晚了？正寻思着，迎面却被一个玩轮滑的倒霉孩子猛撞过来，"啊"！本来小脑就不发达，赶上又穿百年不遇的高跟鞋，这下可惨了……

可接下来发生的却不是我摔成狗啃泥，而是，我的腰被一只有力的胳膊轻轻揽起，我以斜45°完美角度摔进了一个结实的怀中，视线所及是一张欧美偶像剧男主的脸，确切地说应该是我更爱的男二号的脸，特像那谁来着，《吸血鬼日记》里的总带坏笑的达蒙。

这是哪个好莱坞的片儿来帝都取外景了？说什么我也不信这种偶像剧情节会发生在自己身上。

"你就是范陈皮小姐吧，你迟到了哟，一会儿怎么罚你呢？"异国帅哥灰蓝色的眼睛冲我眨了眨，一句标准的普通话就溜了出来。

"你……难不成，你就是刘不二给我的惊喜！"世间的大悲大喜来得太快了，有没有？前一天我还为没人疼哭得昏天黑地，今天就遭遇天上掉下个大帅哥，而且还是进口货。

"嗯，我就是不二他们准备的惊喜，我叫GINO，叫我基诺吧。走，罚你陪我吃晚餐……"言罢他很自然地就牵起了我的手，向一辆白色雪佛兰走去。

谁能告诉我，这是什么情况？这也太狗血了吧？！是我酒还没醒，还是偶像剧看多了做梦呢？这一切是不是太快了点，就这样被第一次牵手了，用力挣脱了几下，却被拉得更紧，完全无法挣脱。

"这么说，你以前是张晓野的同事？"没想到，半个小时后，我竟然和一个陌生人，坐在了一家陌生的餐厅里，聊起了家长里短。

"嗯，我是法国总公司的外派职员，和张晓野同事了一年，用你们的话说，是闺蜜。"

"噗……"我差点喷了，"我和刘不二才叫闺蜜，你和张晓野应该叫哥们儿。"

"不好意思，中文学了三年还是不行。"基诺居然有点脸红。

"三年已经这个程度了，你应该是天才才对吧。"我嫉妒啊。

"我听张夫人说你也是混血？"

"呃……广西和河北这是哪门子混血啊！"一边感叹刘不二就这样成了洋鬼子口中的张夫人，一边真心佩服刘不二同学对我的贴金。

"我也是混血，猜猜看都是哪几国？"

"英吉利、法兰西？"两个当年烧杀抢掠我帝都圆明园的名字，我脱口而出。看基诺没什么特别反应，心里暗自松了口气，还好外国人历史没那么好。

"只对了一个。"

"不好玩，不说算了。"我佯装无聊。

"法国、德国、意大利。"您这混合的品种还真多。

……

不得不说，刘不二这次还真是相当靠谱，这顿饭吃得很开心。本想着外国人是不是都比较在意AA制，基诺却好像早就买好了单，宽敞的小单间一直没有服务员打扰，而我需要什么，他都细心地充当服务生。

我感慨道："这家饭馆的地毯还真舒服。"

"怎么赶得上我的挂毯舒服呢？"基诺说完就把我们桌旁墙上一直挂着的，风光画一样的艺术挂毯取下来铺在地中间。他脱了鞋子踩在上面，鞠躬伸出右手做出邀请状。

"刚才忘记告诉你，这家餐厅是我开的。上个月刚刚装修好……"

于是，我们就坐在价格不菲的艺术挂毯上，继续聊了一个多小时的天。十点都过了，在我不再扭捏的提醒下，基诺磨磨蹭蹭地开车送我回了家。

一进门，就看到肥总顶着一张满是绿色海藻泥的大脸过来："范陈皮同学，跟国际友人的进餐可还愉快啊？是否想起你家里，还有一个嗷嗷待哺的亲妹妹啊？可曾记得给我打包啊？"

我踢了高跟鞋，终于穿上最爱的大拖鞋一阵舒爽。"你怎么什么都知道？"这世界消息传得也太快了吧。

"哼，当然不能指望你老实交代了。不二姐昨儿临走前都跟我嘱咐了，让我盯紧这次相亲。不许逃避主要问题，给我打包好吃的了么？"肥总厉声喝道。

"呃，皇后娘娘，奴婢知错，奴婢愚钝……奴婢记得您老最近吃斋……"我又陪她玩起了最爱的《甄嬛传》。

"你这小蹄子，才几日不召见你，你就这般不自觉。你眼里还有没有本宫！"

"奴婢该死……奴婢再给您点个吉野家双拼饭吧，您消消气。"看来肥总确实晚饭还没吃。

"不必了！还是跟哀家说说这个番邦小主的情况吧。"肥总脸上怒气渐消，闭着眼睛开始按摩起脖子来。

我清了清喉咙道："禀告皇后娘娘，这次的小主自然是资质甚好，只是……只是……"

"只是什么？你这奴才怎么吞吞吐吐的？再不老实交代，一会儿罚你去刷碗、洗马桶！"

"只是这小主来自番邦，性子热情泼辣……奴才怕太上皇和太后老佛爷那边受不住。"

"你这蹄子，给你三分颜色就敢开染坊……太后老佛爷的心思岂是你能揣测的……哈哈哈……想来是你早已垂涎人家美色了。"

肥总一阵得意张嘴狂笑，一堆绿藻泥落下。

这都什么破妹妹啊。大半夜的又扮甄嬛，又扮绿巨人的。

5.

我终于又一次踩着最后一秒赶到杂志社打完卡。正想好好喘喘，就见顾嘎嘎迎面就冲上来，一副兴师问罪的模样："老实交代，最近又勾搭谁了？"

"谁也没勾搭呀……"不会基诺的事儿顾嘎嘎也知道了吧，刘不二跟顾嘎嘎确定没交集啊。

"装什么傻呢，赶紧去你工位上看看吧，都成公司景点了。"顾嘎嘎见我装傻，扔下这句扭头走了。

不是吧……

我工位上果然如顾嘎嘎说的一样，里三层外三层，围了好些人，除了一个公司的几只，外围竟然都是我不认识的人。

也不知谁喊了声"大家让让，女主角来了"，大家齐刷刷地回头看向我，有的嫉妒，有的羡慕，有的难以置信……当人群分散，我也终于看到了一样足以让我震惊的东西。

我真看傻了。

只见一个足有一米多高的马卡龙蛋糕塔，赫然矗立在我的办公桌上。各种五颜六色的小马卡龙，粗算一下应该足有两百个吧。这玩意张哈尼请我吃过一次，没记错的话，一个至少也要几十块。我不自禁地脑瓜子飞转，开始算这货到底要花多少银子。

"哟，皮儿你终于来啦，这是跟巨塔一起送来的卡片，我帮你先看了，感动死人家了。我跟你说，这位你要是不要，人家都不同意……要是真有分手那天，记得把他电话给我哟。"薛美人羡慕地递过一张粉色小卡。

翻开卡片，一行工整的汉字：

我希望，有我的每一天，你都会如此甜蜜。

落款——GINO。

曾经无数次幻想过的浪漫情节真的上演时，我竟然全身的不自在。像我这么皮糙肉厚的女汉子，突然被人当成女人一样对待，心里死活都转变不过来。

"皮儿，你赶紧剪彩吃一个，我们跟着都等一早晨了，本来要吃早餐的都没去，你让我们等也就算了，你看这些从楼上、楼下过来的一个楼的兄弟、姐妹都跟着你饿着呢。"

我心里暗骂薛美人，你也好意思说，这些七七八八的围观群众……饿着关我什么事啊。我抓起最下层一只淡黄色的马卡龙塞进嘴里，嗯，味道确实不错。还没来得及再吃，就被开始哄抢的人群挤了出去。

抢我吃的的人，全是坏人！

电话这时不合时宜地响起："喂，你好。"只见是一串陌生号码。

"我是基诺，礼物收到了吧？"呃，这么快就找上来了，真不知道怎么应付啊，我一阵紧张："收到了……那个，谢谢了……太破费了……"

"喜欢么？"

"喜欢……甜度适中，颜色搭配得也很好……我的同事们也都很喜欢……呵呵……"实在不擅长这种话题。

"今晚有空么？"

"没……呃，有……有吧……"本着拿人手短，吃人嘴软的原则，本来觉得这么快就再次见面，着实没什么准备，可拒绝的话愣是说不出口。

于是，下了班我就被等在楼下的基诺接走。

坐在副驾驶位子上，听着舒缓的钢琴曲，不知道是不是最近精神上受到的打击太多了，我竟然在认识仅仅一天的男人面前睡着了。而当我醒来，窗外居然一片黑暗，这才反应过来，我这不是被拐卖了吧？

"这……是哪儿？"我颤巍巍地问，想着自己不如基诺高，不如他壮，而且据说外国人都是很注意健身训练的，平时我连刘不二都打不过，这会儿跟他打肯定也是打不过的。

"马上就到了。"基诺冲我微笑。

"咕噜……咕噜……"肚子居然在这么严肃的时刻不争气地响起了。

基诺假装没听见，调大了音乐声量后递过一只旅行包给我。

拉开一看，里面有大大小小很多密封餐盒，两套密封的一次性餐具，还有两只高脚酒杯，最下面是一瓶我完全不认识的洋酒和野餐垫子。

"我们这到底是要去哪儿？"我依然不安地问。

"到啦。"基诺慢慢地停好车后，很绅士地替我拉开车门。

车外的世界异常陌生，脚下是湿润柔软的草地，在月光下，竟然能看到不远处一条从山崖间疾驰而下的瀑布，汇入温柔的河水中……

"昨天你说很久没有看过星星了，今天就想带你来看看。"基诺不知道什么时候已经铺好了野餐垫，那些密封的小盒子也打开了，里面都是些吃的，两只高脚杯里盛上了酒。

"呃……我都不记得了……"我挠挠头，看星星这种事儿真不像我清醒时候能说的。

"范，我希望你做我女朋友。"基诺递过酒杯，深情款款。

我下意识地咽了一下唾沫，伸手把酒杯接过一口饮尽回答道："啊？！我说咱们这样是不是太快了？"

"我喜欢你的自然、坦诚……当然……还有你的美丽……"

"谢谢……那个……说实话……你很好……但……咱们这样真心有些快啊！"都说外国哥们热情，之前的旺财已经让我见识到了。只是对旺财我拒绝得很果断，可眼前的基诺，说不上喜欢，也没有不喜欢。如果给我点时间，我想我会好好考虑的。可现在，毕竟才只是第二面啊。

　　"恰恰相反，我觉得我们的速度有些慢……"基诺突然把脸凑过来，眼看着他的嘴越来越近，我终于还是一个没忍住："啊！我突然想起来了！早上上班电饭锅开关没关啊！再不回家肯定要火灾了啊！"说完就钻回了车里，开始思考如果基诺兽性大发，我用鞋子能不能把他拍晕后打110来救自己；或者，凭借着驾校刚过了科目二的基础，我能从这世外桃源一样的荒山野岭，自己开车回北京么？

　　幸好，基诺只是很失望，乖乖地坐到正驾驶位子上驱车回去，一路上他没有再说话，他甚至连野餐垫都忘了收。

　　也不知过了多久，终于看到了帝都应有的灯火通明，我也终于把心放进了肚子里，忍不住打破平静说："那个……今天谢谢你为我做的一切。对不起……要不，下次我请你？"

　　"好呀，什么时候？"基诺一脸认真。

　　好呀，什么时候？

　　好呀，什么时候？

　　好呀，什么时候？

　　等等，这句怎么这样似曾相识？我嘴角抽了抽，回道："你定时间和地点。"

"好，那就明天晚上，地点我带你去。"

明天！

明天！

明天！

怎么就明天了？

请问这位国际友人，您是吴大叔失散在帝都的亲戚么？

再次叹气。

6.

第二天晚上，我稍微化了个淡妆，包里塞了瓶防狼喷雾，想着如果今天他再敢带我去什么荒山野岭，玩什么激情桥段，老娘坚决不手软。

但我千算万算也没想到，这老外这次带我去的地方居然是他家。是的，就在第一次约会的小餐馆的后院，就是基诺在北京的家。而他的家人也是甚为齐全，从依然健康健在的爷爷、奶奶，到中国话也学了几句的爸爸、妈妈，甚至还有他的姑姑和做大厨的姑父。

好吧，我这就跟着见家长了，完全没准备啊。老家的父亲、母亲大人啊，如果你们知道此情此景，会打着飞机也要跟这些国际友人会晤的吧。

"范，我妈妈说她很喜欢你。"基诺一面帮我切牛排，一边给我做着翻译。

"哦，替我谢谢你妈妈，说我也喜欢她哈。"我笑着打着哈哈，想着不会一会儿就问我家庭情况吧。

还好，接下来的话题一直围绕着电影和食物。

"奶奶问你平时爱吃些什么。"

"我爱吃肉……排骨呀、炖肉呀、烤肉呀……各种喜欢。"

"奶奶夸你胃口好，说下次请你来吃我们家的豌豆炖肉。"基诺特开心地翻译着。

"呃……好，谢谢奶奶。有机会我也做个红烧肉给她老人家尝尝。"

"姑姑问你喜不喜欢李安。"

"哦，谈不上喜欢，也谈不上讨厌吧。不过关于李安，我想起了一个笑话，据说北京的某间小酒吧里，有个姑娘问一个美国小伙是否听说过ANG LEE。小伙听后异常兴奋说喜欢啊，特喜欢，从《冰风暴》、《卧虎藏龙》到《少年派》都相当喜欢。于是，小伙子和姑娘兴奋地聊了两个多小时的电影，最后小伙子还从姑娘那买了三千多块钱的安利产品。"

等基诺翻译完，我看着他们一家人笑得前仰后合，心里有些怀念张哈尼，这个笑话是张哈尼讲给我听的。

"大家都很喜欢这个笑话，夸你太幽默了。"基诺一脸幸福。

"是呀，我也很喜欢这个笑话。"我脸上笑着，心里却空空的。

……

吃完最后一道餐后甜点，跟基诺的家人一一拥抱后，我终于可以回家了。

"我希望你收下它。"就在我准备转身上楼的时候，基诺拉住了我，一把钥匙塞进了我的手里。

这年头，男人都流行送自家钥匙么？看着钥匙，我竟又想起了张哈尼，这是今天晚上第二次。当时我义正词严地劝张哈尼把钥匙退回去的场景还历历在目，如今，竟然也有人，要送我一把钥匙。

人生啊，还真是讽刺。

"对不起，我不能收。"我把钥匙放回基诺的手中，这件事儿上真没什么可商量的。

"为什么？你为什么不能对我认真一些？对我们的关系认真一些？"基诺瞪大了眼睛质问。

"我怎么不认真了？我就是认真才不能收这个呀！"

"我们今天已经第三次约会了，你却还是一点儿都不想跟我在一起，不二还说你是真的想恋爱……看来，她并不了解你。"

"我们才认识三天，第三次见面你就想那个……不对，你昨天就想那个……我真心觉得我们不合适……还有，本来我不想说的，为什么今晚要带我见你的家人？我们到谈婚论嫁见父母的程度了么？"既然话题挑开了，我索性也把想说的都说了。

谁知基诺一脸诧异道："我带你见我的家人，完全没有想和你结婚的意思啊，我的父母也从来不干涉我的感情生活，我打算三十五岁以后再考虑结婚，你这点是不是误会了？"

"好吧，我误会了，再见吧！不，应该是永远不见。"真心没什么可说的了，我头也不回地走了。

第二次就想跟我亲热，美其名曰是对我认真；而第三次见父母，却只是随便秀秀，跟结婚没有关系。我确实没想跟基诺恋爱，更没考虑过结婚，但是，但是……为什么我这么不爽啊？！

当刘不二蜜月归来后，听我陈述了名为《我与基诺的三天》简报后，笑得合不拢嘴。

刘不二安慰我说："皮儿啊，这就叫文化差异呀。"

"怎么个差异法？"我不解地问。

"基诺是德、法、意三国混血吧，这多明显呀。"这跟混血有什么关系。

"请大人明示。"

"基诺够浪漫吧，又是看星星又是坐挂毯的，纯法式浪漫大师。一般的小姑娘早就主动献身了，也就是你这种老女人才会想要逃。我说你就不能好好享受一下？"刘不二简直太恶毒了！

"嗯，是够浪漫的，可惜我消受不起。"我没好气地回复。

"你看这就是文化差异。"刘不二耸着肩地说。

"还有呢？"我问。

"他每次都对你有接有送的，多绅士。还带你早早地见父母，在国外，见父母就是对双方关系的一种充分肯定。你不觉得，这次你又错过了什么吗？"刘不二反问着。

"虽然我没想过结婚，但是对见父母这事儿我还是觉得太突然了。不合适的不叫错过，这叫互相放过。"我辩解道。

"东西方文化差异就是这样。"

"但是，他第二次在山上想要流氓！"

"血液里流淌着亚平宁半岛的豪放，和阿尔卑斯山的狂野的基诺，他可是会觉得全世界的物种都应该上床的哟，好吧，我承认这点，我事先忘记通知你了。"

"刘不二！你就这么把一个随时可能兽性大发的色狼介绍给我了！"

"我觉得吧，如果你们成事儿，吃亏的应该是基诺。你不觉得，其实你占了天大的便宜吗？说句实在的，以你自身的条件，有这样一个极品货色肯那么对你，你就该躲在墙角偷着笑去。"

"我呸啊。"

......

就这样，什么三国混血小帅哥彻底从我的世界消失了，留下的只是一些水土不服的回忆。我也严重警告刘不二，不许再给我介绍不三不四的人了，尤其是外国人，就算是哈里王子，我也不要再见了。

我骨子里，注定是个很俗气的女人。

传统，刻板，无趣，无聊，不浪漫，不主动，假装一本正经。

虽然我也不喜欢这样的自己，但那些根深蒂固的东西，可能永远无法改变了。所以，即将26岁的我，依然单身。

08 要离开北京了，是真的要离开不回来了

1.

顾嘎嘎辞职了，无比潇洒。

她骨子里才是真正的女文青，说背着包去穷游世界就去了，一点儿都不像我，无论去哪里都要思考很久，要瞻前顾后。她辞职那天说："皮儿，今晚跟你家肥总请个假，我想一醉方休。"然后就拉着我去酒吧待了一晚。

其实我不喜欢酒吧那种嘈杂感，长这么大，去酒吧的次数一只手都能数过来。而且每次去，都不是我自愿的。

第一次去酒吧，是N年前的第一次相亲，同时跟两个男人相。我不靠谱的介绍人是上个单位的双鱼座女同事，点了一堆啤酒跟两个男青年一瓶接一瓶地喝，我喝着矿泉水只觉得自己与周遭格格不入，越看对面的两个男人越不顺眼，只好大半夜喊来了刘不二救场。刘不二一路骂我白痴，有什么正经人能约姑娘在酒吧相亲？事实证明刘不二多虑了，那两个男青年对我或者说对女人毫无兴趣，只是温柔地坐在一起，然后又神不知鬼不觉地紧紧靠在一起，在吵闹的酒吧里，他们像两只聋哑小奇葩相互取着暖。刘不二坐半小时后只说了句："再多待一分钟，我的智商都可能永远恢复不到平均值。"然后就豪迈地将我拖走。

好吧，这久远的第一次相亲，久远到我差点完全想不起。

而这一次，顾嘎嘎非要带我去后海酒吧街，说要再最后看一眼帝都的人来人往，说以后可能都不会再回来了。

"为什么不回来？现在交通这么方便，随时可以回来的啊！就算火车票要涨价，也不至于的啊！"我不解地问。

"你觉得，这么冷血的帝都，值得我再回来吗？全世界大好风光等着我去观赏，我要把我的脚步印在地球上每一个小角落。直到再也走不动的时候，我就在那里落地生根孤独终老。"我从没见过这样的顾嘎嘎，落寞、伤感，带着一股对全世界都失望透顶的颓废。

"你是不是受什么刺激了？"我问。怎么听顾嘎嘎这话都像是个失恋女青年应该说的。

顾嘎嘎没有回答我的问题，只是一杯接着一杯地喝酒，喝得差不多的时候，就踏入酒吧里的舞池，跟着音乐不停地晃动，仿佛要把灵魂都摇醉。

说实话，我心里真挺不是滋味的。身边的朋友，走一个，少一个。肥总要回家了，刘不二要移民了，张哈尼不知去向了。而现在，顾嘎嘎，也要远走他乡了。

偌大的帝都，就快要剩我一个人了。

这事，只要一想想，就觉得各种心酸。

"顾嘎嘎，我……"我有很多话想说，总觉得再不说就永远也说不出口了。可顾嘎嘎并不肯给我这样的机会，她竖起食指，放在嘴边，做了一个禁止说话的手势。我看她八成是喝醉了，满脸通红，眼神也有了些迷离。

　　此时，酒吧里动感的音乐停了下来。一个背着吉他的男歌手，略显羞涩地拨弄了几下琴弦，就那么安静地唱起了一首不适合在这种酒吧里出现的歌。

　　　　我就这样告别山下的家
　　　　我实在不愿轻易让眼泪流下
　　　　我以为我并不差不会害怕
　　　　我就这样自己照顾自己长大

　　　　我不想因为现实把头低下
　　　　我以为我并不差能学会虚假

　　　　怎样才能够看穿面具里的谎话
　　　　别让我的真心散得像沙
　　　　如果有一天我变得更复杂
　　　　还能不能唱出歌声里的那幅画

　　　　……

那位男歌手，用他那沧桑的哭腔，让认真在听歌的人们，都闪起了泪光。直到音乐结束，顾嘎嘎才抬起头，抹了一下眼泪，对我说："陈皮，你要坚持住啊。哪怕所有人都离开，你也要坚持住。"

我特想问凭什么，凭什么你们都可以离开，而我就得独自留下？可在听到顾嘎嘎下一句话的时候，我所有要说的话都堵在了嗓子那里。

"因为你是女汉子啊！如果连你都不在了，如果有一天，我为今天的决定后悔了，就更没有理由回来了。"

你还真是够自私啊！

我扭过头，赌气地不再看她。却不想，竟然在门口看到了林苹果，他刚好推门而入。

"顾嘎嘎，又是你叫他来的对不对？"我愤怒地回过头，质问她。

"我只是不想让你有任何遗憾，难道就没有人跟你说过，你和林苹果，真的很合适吗？我一直在撮合你们俩，你难道看不出来吗？"顾嘎嘎无视我的愤怒，而是向林苹果进来的方向招了招手，笑得嘴角都咧到了耳后。

"你要是喜欢林苹果就直接表白，不要每次都以我的名义把他叫来！"我冷冷地对顾嘎嘎说完，就站起身，拎着包往外走。

我想，我大概明白顾嘎嘎是什么意思了。

我还真是后知后觉。

上次顾嘎嘎说要请我去唱KTV，我用了各种理由拒绝，都没拒绝成功，被她强拉进KTV包房的时候，看到林苹果正在那儿大咧咧地唱着《世界末日》。

当时我问顾嘎嘎，他为什么在？

"因为在帝都，我只认识你们俩。所以，聚聚嘛。你要是不来，他也不会来的。"

我假装没在意，就真的相信了她那句话，就那么跟他们一起耗了几个小时。唱K期间林苹果还在问我："范爷，你什么时候跟顾嘎嘎关系这么好了？"

我没理他。

可是现在，我突然明白了。

原来顾嘎嘎一直喜欢林苹果！

而林苹果对她到底是什么感觉，我不知道。但从顾嘎嘎每次都把我叫来当挡箭牌他才肯出现这一点看来，林苹果应该只是把顾嘎嘎当成"以前的同事"这样的关系。

所以，这才是顾嘎嘎远走他乡的原因吧。

那我算什么，自始至终，她把我当成了什么？

可以无限利用的傻瓜棋子吗？还是她大仁大义的爱情观里所谓的朋友？

2.

即使是深夜的后海，也热闹得不像样子。看着人来人往的，我突然也没那么气了。这就是我最爱帝都的地方，因为人多，显得无比包容。

不过就是被人利用了一把，至少说明自己还有利用价值。

"跟着我干什么？啊……"

我的突然转身和突然发话，让林苹果来不及刹住脚步，一下子就跟我撞在了一起。我的脑门磕到了他的牙，各种疼。我知道林苹果追着出来了，他一直没有说话，只是在我后面，默默地跟着走。只是，没想到他跟得这么近，悄无声息的。

"没事儿跟我这么紧干吗，想死啊！"我揉着脑门，大声地发泄着。

"对不起对不起，我给你买苹果吃。"林苹果赔着不是说道，有点慌不择言的感觉。这种时候哪有人请吃苹果的。

"只有你爱苹果，我不爱！"我说的绝对是表面意思，我发誓我在说这句话的时候，绝对没有什么深意。可是，他却回了一句似乎很有深意的话。

“我……知道。”

　　我和林苹果之间，从来都是嬉笑怒骂的，像这次这样长时间的沉默，绝对少见。听着刚刚他那句低沉的“我知道”，我实在不知道要接什么。

　　我知道他想多了，想深了，误会了我的话，可这种时候，我实在不想解释。而他，似乎也在挣扎着，看着我的眼神无比复杂，仿佛有很多话想说，但又不能去说。

　　我们认识这么多年来，他出现过几次这样的眼神，我想，我大概能知道他想说什么，无非就是：因为喜欢着，所以只能永远旁观。他觉得“我配不上你，所以我不能打搅你，我总觉得你还会遇见比我好很多的，所以祝你幸福”。

　　我知道，这么想会显得我有多自恋，但我从他的眼神里，读到的意思就是这个。

　　男人啊，其实如果能强势一点，可能结局就会变得不一样了。我要的，只是一种强势的、霸道的姿态，哪怕你没钱没势，只要在这一刻，你狠狠地抱我一下，哪怕强吻一下，我想我也会欣慰一些。

　　可是，这十年，除了会耍耍嘴皮子，你还做过什么？

　　你到底是不是男人啊！

　　就在我放弃与他对视，失望地准备回家的时候。他突然开口了，他说："范陈皮，我要离开北京了，这次可能是真的离开了。"

我想，我大概是麻木了。反正最近，所有人都在跟我说着同一句话。在听到他说这句话的时候，竟然一点感觉都没了，甚至忽略了这是他第一次正式地叫出我的名字，而不是范爷这个代号。

"走吧。走得越远越好。"不带任何感情色彩的，平静地说出这样一句话。说完，我就大步地选择了离开。

可是，没走几步，手就被人抓了起来。

"范陈皮！我在说，我要离开了！你听到没有！"林苹果红着眼睛，大声地冲我吼着。

"听到了，爱去哪儿去哪儿，别忘了还钱就行！"该生气的是我好吗？我的手被他攥得生疼，我找谁吼去？

"我们聊聊吧。"他的语气软了下来，像是乞求。

"无话可聊。"我本能地拒绝。

"你就这么讨厌我吗？"他问这句话的时候，我不敢直视他的眼睛，我怕自己会心软。因为不是讨厌，是不能聊，不想聊，不敢聊，有些话，就永远烂在肚子里好了。反正这十年都这么过了，这次，要离开就赶紧离开，就当永别，就当我的生命中从来没有出现林苹果这么一个人，这样我会更好受些。

我咬了咬牙，假装坚定地问："你现在说这话有意思吗？"

"是挺没意思的。可是，陈皮……"不知道他是想通了还是怎样，终于把我的手放开了，"算了，很晚了，我送你回家吧。"

我想说，不用你送，我自己会回家，可他一句话又把我给堵了回去："不想我再纠缠下去，就别再说拒绝的话。"

这句话说得，还真挺像个男人。

坐在出租车小小的空间里，司机师傅应该都能感受到我们散发出来的冷气压，除了在一开始想侃两句之外，就再也没有说话了。

一路无语地到了家门口，林苹果付了车钱之后，竟然又抓起了我的手。他今天真是胆儿肥了，我的拳头正准备挥起来，他就冲我傻笑起来："又想捶我了吧？赶紧动手吧，不然以后没机会了。"

听他说完这话，我的拳头没有落下去，眼泪倒是先掉了下来。

直到此时此刻，我才意识到，他刚刚跟我说的是，要离开北京了，是真的要离开不回来的意思。

之前顾嘎嘎告诉我，林苹果之所以会结婚，是因为他想要回到北京，因为北京有他放不下的人。他为了那个人，哪怕赔上一辈子的幸福，也要回到北京。

可现在，他却说，他要离开北京，永远地离开。

"原来，你哭起来是这个样子，还挺好看的。"我看到林苹果的眼泪也掉了下来，可他竟然还有心情嘲笑我。

"林苹果……你是说，你也要离开北京了吗？"我哭着问。

"嗯。"他替我擦了一下眼泪，说，"别哭了，虽然挺好看的，但哭多了对眼睛不好。以前我还挺得意的，我说自己就是一绝种好男人啊，从来不会让心爱的女人掉眼泪，所以，那个女人，从来没在我面前哭过。可今天，我还是破戒了，以后世界上，好男人又少了一个……"

我真不知道自己眼泪竟然这么多，就是停不下来啊，我想问为什么，为什么要离开，为什么这么突然说离开就离开了？为什么所有人都要告诉我这句话，为什么啊……

可我问不出口，我趴在林苹果的肩上，默默地流着眼泪，没有任何声音。

都说不想伤心最好的方法，就是假装自己没心没肺。

可是，我已经让自己没心没肺了这么多年，怎么还是有点难过？

"陈皮，我一直觉得，我们哪怕不在一起，也要在同一个城市生活。这么多年来，我一直这样告诉自己，无论在北京闯荡多么艰难，我也要在这里待下去。"林苹果拍着我的肩，轻声地说着，"可是，我不得不承认，我被现实打败了。我必须得离开北京，回到我原本就该待着的地方。准备好红包，我儿子要出生了。"

我尴尬地把他从我身边推开，假装刚刚在他肩膀上抹眼泪的人不是我，一定不是我，我怎么会做出那么丢人的事呢！

可是林苹果，算你狠，总是在我最难受的时候，跟我要红包。

我深吸一口气，最后，扯开一个微笑，对林苹果说："好。小爷祝你幸福。"

我不会跟你说我多舍不得，也不会跟你说我多难过。你若在乎，我皱下眉头你都替我忧心大半天，你若不在乎，我把心挖给你你也当我在演戏。

所以，我们的关系，最终也只能止步在：哥们儿。

3.

因为有了孩子，林苹果复婚了，回老家陪待产的老婆。

我觉得这是他做得最爷们儿的事儿，至少男人该有的担当，他做到了。

周末的时候，把肥总的行李搬走之后，空荡荡的房间只剩我一人。

电灯又不亮了，电脑也打不开了。

"喂，范陈皮同学，今天该你做饭了！"

"这位小主，你再抢我的果盘，你肯定这辈子能成真正的小猪。"

"姐，有我在呢，我们一起来扛吧。"

"哼，下次大半夜再忘带钥匙让我开门，我一定跟上次一样睡得死死的，你信不信！"

"我的鞋子才230块，凭什么啊！我不管！要不你再给我买双500块的，要不赶紧把你那800的给我退了！"

"发烧就别乱动，老老实实给我躺着，今天让你做太后，要啥就吭声。"

"范陈皮，我跟你说你最近可一个月都没见新男人了，这样可不行。我可不愿意一直养你！"

"这都几点了，别再写了。刚给你炖了点冰糖银耳木瓜……专治你的贫乳，快吃了吧。"

……

这间屋子里发生的一切一切，开心的、不开心的……感动的、心酸的……关于肥总的记忆片段，此刻在我脑中层层浮现。在楼下还没蒸发掉的眼泪，又不受控制地涌出。

她带走了我俩混穿的衣服，带走了说好两个人一起用的愤怒小鸟的闹钟，却留下了她最喜欢的抱抱熊……

我第一次觉得这个屋子这样大，第一次这样想离开，带着太多回忆和肥总温度的房间，一点点吞噬脆弱的我……

我承认啊，我就是脆弱了怎么着吧，我不坚强，我一点也不坚强，可现实让我不得不选择坚强，我能怎么办啊！

第二天中午我在沙发上被冻醒了，厚着脸皮，又跟太后白请了一天假，想彻底在家装死一天。我早说过我不是一个合格的员工，如果领导不是太后白，像我这样三天两头请假的人，估计早就被开除了。

下午的时候刘不二却打来电话，要跟我吃最后的晚餐，她和张晓野第二天就要飞往大洋彼岸了。名义上，他们已经不是中华人民共和国公民了，我是要去跟国际友人进餐，怎么着也得收拾心情最后蹭顿大的，让刘不二高兴地走不是？

餐桌上，刘不二直接给我扔过来一个黑色小本子，说："我的存货全在里面，你自己翻翻看，喜欢哪个，我马上给你安排。虽然我人已经不在帝都了，但是你自己要养成写日报、周报、月报的习惯，每天把私生活播报发我邮箱。"

亲人啊，都这种时候了，还不忘给我介绍男人。还有，太后白都没舍得让我交什么日报、周报的，你为我还真够不辞辛苦。

我摸着小黑本，哭笑不得不敢顶嘴。

"以后多长点心，有事儿要随时给我打电话，国际长途虽然贵，但我可以每月向你开放一百块钱。当然如果你能给电脑装个SKYPE更好，别问我那是什么东西，回家自己问百度去。

"要把自己过得像王后，这样你才能吸引到国王。

"从今以后，你要比以前更爱自己。"

……

人最软弱的地方，是心；人性最美好的情绪，叫舍不得。

听着刘不二一句一句的嘱咐，我真想说："我舍不得你离开，可不可以留下来陪着我？"

可这种没意义的话，说了也不可能成真，毕竟朋友只能陪着走一段路，而她，要跟张晓野去共度一辈子的人生。所以，我只能继续老老实实地听着，什么都不能说。我怕自己一说出口，眼泪就掉下来。

"先说好了，今天谁哭谁买单。"刘不二低头开始看菜单。

好险，好险，幸亏悬崖勒马，被这句一吓唬，我瞬间整个人又开始乐观了。

"对了，忘记跟你说那个天杀的反恐男了。"刘不二挥挥手示意服务员过来，"反恐男这个渣子说自己肠胃炎了，一直忘了跟你联系。你说相亲这种事儿，是什么拉肚子就能拉忘的么？"

"也许人家真的身体不舒服吧。"如果不是刘不二今天提起，我真真是把这哥们儿忘得个死死的。

见服务员过来，刘不二说："跟你们经理说，今天的菜式要跟上周三一样的。哦，如果她忘了的话就让她去问你们老总。"

看着服务员如同冰山笼罩的背影，我由衷表示同情，好吧，帝都高档餐厅的服务员们啊，你们明天会集体放礼花，庆祝刘不二的离去吧。

"你刚说什么身体不舒服？身体不舒服就是理由么？人家徐洪刚拖着肠子，还追了坏人几百米呢，反恐男他只是拉个肚子，况且又没拉脱肛……"

"不二……那边的情侣在看我们……"

"看什么看，贱人就是矫情！"刘不二猛然怒视不远处的情侣，华妃女王气势无敌，那对情侣迅速低下头，再也不敢抬起。

"多吃点这个，这竹荪酿鸡蓉是功夫菜，你啊，就是总吃那些缺少心思的菜品，心才总细腻不起来的……"刘不二不停帮我夹着菜。

"有件小事儿一直忘了跟你说。"

"什么事？"我一嘴油花地问。

"大申上个月来找我了。"

"大申是谁？"我确定一定以及肯定，这么二的名字我绝对没听过。

"你们不是见过一次的？据说是在张哈尼家门口。"刘不二很期待我的回答。

"完全没印象……呃……貌似确实是见了一面吧。"上次住张哈尼家早晨开门见到的小寸头，张哈尼是喊他大申的吧，看架势又是跟张哈尼有一腿的。

"大申是张哈尼的男朋友，但是张哈尼不是同性恋。"刘不二一本正经地说。

这是什么逻辑？我的GAY蜜不是GAY？张哈尼的男朋友不是男朋友？

接下来，边吃边听刘不二给我讲了这事的缘由，原来那天婚礼快结束的时候，也就是我已经喝得分不清男女的时候，大申替张哈尼来送红包了。虽说张哈尼和刘不二看上去像天生宿敌，其实两人也没啥实质性仇恨，而张哈尼一直又以英伦绅士自居，所以自从看到我转发的刘不二晒婚讯的微博，早早就给刘不二准备好了大红包。话说回这位叫大申的同学，他其实是张哈尼小学、初中、高中的同学兼发小，实打实的纯哥们儿。张哈尼的所有私生活都跟大申分享，这包括张哈尼六岁还贪恋喝奶粉，十二岁把弄脏他白裤子的女同桌打哭……当然，也包括这两年张哈尼给我拍的美美的照片之类的。

　　据大申说，张哈尼从头到尾就根本不是GAY，只是严重洁癖兼自恋总被当成GAY。一方面他确实缺少父爱喜欢跟大叔交好，另一方面，张哈尼从小就不喜欢跟女生一起玩，一来二去，张哈尼开始享受伪装GAY被当成GAY的感觉。他讨厌一切带有矫情、装可爱、小气等特征的女性，好吧，这就是我这个女汉子能入他的法眼的原因么？

　　为啥我笑不出来？

　　而那天早晨，大申也是来看看张哈尼是否出事，前一晚我进门之前，张哈尼也刚跟大申说了豪宅钥匙的事儿。当看见穿着张哈尼衣服的我时，大申由衷地觉得张哈尼不仅不会收钥匙，而且应该也不会再装GAY了。

那句"也许还有救",其实是双关。

"等等,为什么大申去找你而不找我呢?明明我救了张哈尼,好么?"我很不服气地问。

"因为留给了我红包,没留给你。再说了,你那天刚吐了人一身,正常人都没心情再跟你多废话吧。"刘不二一语惊醒梦中人,呃,不会这么寸吧,那天,那天我吐了一身的白西装居然是大申。

"他……他有没有说张哈尼去哪儿了,为什么手机一直打不通?"我心脏忍不住狂跳,张哈尼居然不是GAY,那我们那些在GAY蜜幌子下的甜蜜回忆算什么?

"大申说无可奉告。"刘不二显然并不想跟我分析张哈尼的事儿,一扬手示意买单,站得远远的几个服务员跟奔赴刑场一样,磨蹭地过来了。

好吧刘不二,我谢谢你的最后的晚餐,谢谢你走前最后的揭秘。

就在酒足饭饱各种告别、各种千叮咛万嘱咐都结束后,我终于滚回家把自己放倒在床上,换上大睡裙,正准备好好睡觉的时候,一阵砸门声恐怖地响起。

肥总在的那些年,半夜从没人来砸过门,今晚这是闹哪样啊。我抓起床边的按摩气锤，披上睡衣，站在门口不敢开门。

"陈皮！睡了么？睡了也赶紧给我滚起来！赶紧给我开门！"刘不二霸气的声音在门外响起。

我不是幻听吧，一小时前我们刚告别啊，说什么美利坚合众国再见的。我赶紧给刘不二女王殿下开门。

"皮儿，这是我从来没给你提过的二十年陈酿的发小羽西西。西西，这是我也从没给你提过的在帝都可以托生死的闺蜜陈皮。"刘不二把一位个头矮小的柴骨美人儿，连同一个超大旅行箱带进了我家。

"你好……快进来坐吧。"我赶紧尽地主之谊。

"这次真的打扰了……"柴骨美人一脸憔悴，冲我不好意思地笑笑。

"哪里，哪里。"我正想跟着继续客套，猛被刘不二一把拖进卧室。关门前，刘不二冲着客厅的发小西西说："亲爱的，你自己先去洗洗澡什么的，跟这儿就像自己家一样哈，别客气……我跟大皮儿交代几句。"

刘不二这是闹哪出呢，我一时看不准。

"皮儿，除了你这儿，我真不知道我还能把西西带到哪儿去。我的房子早就卖了，明天跟晓野就飞了，西西这丫头完全是突然袭击，她以为我下月才走。能不能让她在这儿先住几天，我已经拜托几个朋友帮她找房子了……"

"瞧你，终于有让我帮忙的机会了，干吗不让我多享受享受。你发小看着比你脾气好太多了，这姑娘我决定收了，只要我不退租，就让她一直陪我吧，反正我也是一个人。"

"么！"刘不二居然上来亲了我一口，占了我的房，还要占我的人啊！

"你家西西也是单身？"我八卦地问。

刘不二开了门，确认西西同学确实在沐浴后，埋怨地看了我一眼，一声叹息道："她正在跟深圳的老公闹离婚，这次突然来，也是深圳实在是一天都待不下去了。她来帝都也是想请个牛些的律师，回去争女儿的抚养权。"

我还真是哪壶不开提哪壶，同情地说："要不要这么纠结啊！离婚这么麻烦，当初干吗还要结婚呢。"

刘不二开始爱情专家附体地说道："恋爱时荷尔蒙分泌过多，确实会影响智商的，要不说，结婚必须是昏后产物。"

"说得这么低智商一样，你干吗还屁颠屁颠地闪婚。"我撇着嘴回复。

"我就是深谙其道，抓紧在彼此恢复理智前，把该办的办了。我有把握经营好我的婚姻，一定给你们做个好榜样。"刘不二无比自信又自豪地说道。

"你家西西是怎么闹的？"为了不让她继续吹嘘自己，我趁早转移话题。

"她婚后一直跟公婆住在一起，她比她老公工资高两倍多，家里开支基本都靠西西。刚结婚那两年，两人甜蜜着相亲相爱一家人一样，有了孩子各种支出增加，西西渐渐心里失衡，婆媳关系紧张，她恨她老公吃软饭，她老公怨她不懂温柔……一来二去，那男人终于外面有了倒贴的小三，积怨太深……最近终于大爆发了。"

"这男人真是人渣。"

"每个人渣背后都有一个失败的女人。任何婚姻的破裂，归结起来都是两个人的责任。"

"叹气……婚姻好可怕。"

"我把西西安排在你这儿还有个用意，就是想着给你多提提醒，你不许为了结婚而结婚。不许以后哭着喊着去美国跟我说要离婚……听到没？"刘不二说着说着居然哭了，我不知道这眼泪究竟是为西西流的，还是为我流的告别晚餐的打包版。

我举着不干不净的睡衣袖子，帮刘不二擦起了眼角，缓缓地说："别担心，我保证擦亮眼睛，我相信把你小本本上的男人都看遍，我定能练成火眼金睛，什么妖魔鬼怪都别想跟我这儿藏身……"

刘不二被我说得破涕而笑。客厅那头也有了声响，想必是西西同学已经沐浴更衣出来了。

最后，刘不二抱了抱发小西西，又抱了抱闺蜜我，又一起抱了抱我们俩，留下一句："我走了，亲爱的们，你们要相亲相爱。"

这次，终于是真的走了。

那晚，我让西西住进了原本属于肥总的房间，我怕她夜里寂寞，把抱抱熊也塞进了她被窝。可是，我还是听到了她压抑的哭声，我抱着自己的被子默默躺在了西西旁边，帮她盖好被角，放好抽纸在她触手可及的地方……

4.

虽然太后白一直在跟我灌输"音乐是无国界的"的伟大理念，但我以往对去日本的差事，能逃就逃，不能逃我就请假，各种事假病假姨妈假甚至假装产假，所有能想到的理由都用过了。

所以，这一次，太后白见我主动申请去日本采访正在举行的青少年钢琴大赛，一脸的不敢相信。

我才不会告诉她，我是想一个人去没有人认识的地方，静一静。因为这话不像是我这种汉子该说出口的，虽然我的工作有点小文艺，我的长相也属于文静路线，但小资装B路线一向不适合我。反正西西已经带着金牌律师奔回了深圳，我期待她再回来能带着她的心头肉小不点儿，我这个干妈要抓紧去日本采购点上档次的玩具。好吧，我承认，什么鹿儿岛的军舰我也想看，北海道的海鲜我也想吃，京都的美味我也想染指，秋叶原的电器街我也想淘点便宜货。

在去机场的大巴上，遇见几个外国女孩，我都以为是有伴侣的，后来听她们聊天才知道是单身。她们身上洋溢着柔和悠然的幸福感。相比之下，在帝都的单身女人要紧张一些，比如像我这样的，身上有一种"对不起，我单身"低人一头的气息，或者"老娘就单着了怎么啦"的死猪不怕开水烫的反抗劲头。

两种念头，在我身上来来去去的，反复交替。

年初还发誓说，今年不想再单身过生日了。可这一年过得差不多的时候，我还是一个人，确切地说彻底一个人了。所以誓言这种东西，真心不靠谱。

不知道是因为越来越独立，还是越来越心虚。走了这么久，发现唯一靠得住的还是自己，到最后，也只会剩下自己。

到机场之后，我开始办理各种登机手续。看到旁边依依不舍的情侣，我竟然坏心眼地从他们中间穿过。果然单身久了，就见不得别人幸福的样子了。不知道什么时候，我会变成像太后白那样恶毒的王后。

就在我一个人胡思乱想候机的时候，我竟然看到了一个十分张扬十分眼熟的人，如果我没有眼花的话，那个提着行李面带贱笑朝我走来的人，就是张哈尼！

这货怎么来了？

"哟，这美女长得挺富态的。认识认识呗，我叫张海洋。"

竟然假装不认识我。

"张海洋这名字，土爆了！"我不客气地回答。

"那也比你陈皮一味廉价药材要好。"张哈尼毫不示弱。

"哟，哟……您不是不认识我么？"

"介绍人发的资料上有你的名字、生日、爱好、三围……各项资料。"

"什么介绍人？"我一惊。

"当然是你一直以来的介绍人——刘不二啊！我是你的第N位，也是最后一位相亲男嘉宾啊！陈皮，我说你敬业点行么？怎么轮到和我相亲就这么卡带了？"张哈尼假装愠怒。

"这到底是玩哪样呢？"

"你没仔细看完刘不二留给你的小本么？"

"没有……一直扔包里忘记看了，你当我真的相亲上瘾么？"

"你本来就很上瘾。背着我看了那么多野男人……哼……快看看小本，最后一页。"

好吧，我赶紧翻出揭秘小本本，翻到小本最后一页，只见上面写着：

姓名：张海洋

年龄：25

身高：178cm

星座：传说中最不靠谱、摩羯座的最大死敌水瓶座

工作：目前失业，可能要靠女方养

不良嗜好：欺负陈皮，陪陈皮吃遍所有美食……

……

"如果我早点看到这资料，我一定不会跟你相亲。年龄比我小，PASS；水瓶男，PASS；没事业，PASS；欺负我的，PASS……啧啧，张海洋，你完败啊！"我轻轻合上小本，一脸遗憾地看着张哈尼。

"刘不二本来让我一定要等到你看遍我前面的所有男人……可是，谁让你这家伙这么慢，都两周了，你一个都没看，按照这个速度，我还要等几年啊？"张哈尼气急败坏地说着。

"哦，那您继续等着吧，前面还有大把的好男人等着我呢，再见！"我拎起行李，朝登机口走去。虽然我不知道刘不二这家伙这是跟张哈尼玩的哪一出，但张哈尼拎着行李拿着护照这架势，显然也是往日本飞。

"陈皮，你混蛋！"

"你跟着我干什么？"心里不禁骂上了刘不二这只吃里爬外的家伙，张哈尼到底塞给你多大的红包啊，让你愿意帮他瞒天过海地跟这儿给我惊吓。

"谁跟着你了，我去日本看我家天后滨崎步，和我家中岛美嘉去！"

"哦哦，原来是找你相好的啊……"

"是。有本事你咬我啊！"

"幼稚。"

"你真咬啊，咱俩谁幼稚……"

好吧，我承认，刘不二临走前，终于给我介绍了一个超越之前所有男人的极品中的极品，但是，这只极品与我，也只能是友情之上，恋人未满的关系。不都说，所谓纯洁的男女之间的友谊，无非两种情况：女生很爷们儿，男生很娘们儿……

这么说来，我和张哈尼之间的关系，绝对是最纯洁的友谊了。除非哪天，他变成了纯爷们儿，或者，我变成……

不，我不会改变。

首都机场，直飞日本成田机场，全程也不过四个小时。

就在我准备关上手机的时候，一个从来没有通过电话的电话打了进来。

是小医生，他说，他到北京了……